AF236581

ARND KRENZ

Auf historischen Pfaden

VERRATENE LIEBE

1

3. Auflage 2022

Wir danken dem Stadtarchiv Löbau für die Unterstützung bei der Recherche zu den hier vorliegenden Texten.

Abbildungen: Arnd Krenz (S. 45, 46, 58, 99, 110, 141, 158),
Peter Emrich (S. 66), aus der Sammlung von Dr. V. Drescher (S. 112, 130, 131),
Deutsche Fotothek (S. 41,51), Michael Westphal (S. 29)
Quellen: Stadtarchiv Löbau

Herausgeber: Arnd Krenz
Umschlaggestaltung: Media-Light Löbau - Eine Marke der DP Media GmbH, Neumarkt 11, 02708 Löbau
Satz: Media-Light Löbau
Ernst-Thälmann-Str. 63, www.media-light-loebau.de
Herstellung und Verlag: BoD – Books on Demand, Norderstedt
ISBN: 978-3-7543596-3-1

Das in diesem Werk verwendete Fotomaterial dient ausschließlich als Dokumentation zur Aufklärung gemäß §§ 86 Absatz 3 und 86 a Absatz 3 StGB. Es dient keineswegs als Agitations- oder Propagandamaterial, nicht verfassungsrelevanter Vereine oder Organisationen und stellt kein strafbares Vermitteln oder Verwenden dar.

Inhaltzvereichnis
„Auf historischen Pfaden"
„Verratene Liebe"

Geschichten um die Stadt Löbau

Aus der Löbauer Sagenwelt

Liebe Leserinnen und Leser,

ich freue mich, dass Sie sich entschieden haben, dieses Buch in die Hand zu nehmen. Vielleicht wollen Sie darin nur blättern und die eine oder andere Seite schnell anschmökern. Eventuell bekommen Sie sogar Lust das Buch zu kaufen, beziehungsweise Sie haben das bereits getan. Viele dieser Geschichten kannten Sie noch nicht und sind neugierig geworden. In diesem Fall: Herzlichen Glückwunsch - Sie gehen ab jetzt „Auf historischen Pfaden"! Es sind Pfade, die keineswegs ausgetreten sind, sondern unterhaltsam in die Welt unserer Ahnen führen. Wenn Sie lesend auf ihnen wandeln, erfahren Sie interessante Begebenheiten aus dem Leben der einfachen (manchmal auch komplizierten) Leute einer kleinen Stadt in der Oberlausitz. Sie lesen spannend erzählte Geschichten und Sagen, die auf ihre ganz eigene, lebendige Art Emotionen zeigen sowie von Träumen und Sehnsüchten der Menschen erzählen.

Die Geschichten, die dieses Buch erzählt, handeln ausnahmslos in Löbau. Diese Stadt, 1221 erstmals erwähnt, ist zwar nicht sehr groß, nichtsdestotrotz hat Löbau aufgrund seiner zentralen Lage in der Oberlausitz Bedeutsames bewirkt. Einstmals legte sie der böhmische König als Marktplatz an, den der Meißner Bischof Bruno II. in einer späteren Urkunde als Opidum Lubaw bezeichnete. Und da Marktplätze im Mittelalter zentrale Anlaufstellen waren, mauserte sich auch dieser Flecken bald zu einer richtigen Stadt mit Mauern und allem, was dazugehört. Böses und Gutes haben die Bürger im Laufe der Jahrhunderte hier erlebt. Einmal brannte ihre Stadt völlig nieder, ein andermal bestrafte sie der König hart. Einmal war sie historisch bedeutsamer Gründungsort eines mächtigen Städtebundes, ein anderes Mal wuchs sie zu einem der größten militärischen Standorte Europas heran. Heute ist Löbau ein nettes Städtchen mit vielen Sehenswürdigkeiten, mit einem Gusseisernen Turm, einer Messehalle sowie einem der schönsten Rathäuser Sachsens. Im Jahre 2012 war Löbau Ausrichter der Sächsischen Landesgartenschau und 2017 des Tages der Sachsen.

Alle im Buch geschilderten Episoden beruhen auf wahren Begebenheiten. Wir haben sie aus dem reichhaltigen Fundus des hiesigen Stadtarchives ausgegraben und ihnen für Sie, liebe Leserinnen und Leser, neues Leben eingehaucht. Abgerundet wird die Reihe der Erzählungen durch drei der bekanntesten Sagen vom Löbauer Berg.

Den größten Teil der Erzählungen habe ich in den vergangenen Jahren bereits in einer lose erscheinenden Heftreihe veröffentlicht. Da Letztere bei meinen Lesern großen Anklang fand, habe ich die Geschichten überarbeitet und in einem Buch zusammengefasst. Ich hoffe, damit einen größeren Leserkreis zu finden und meine kleine Stadt bekannter zu machen. Sollte Ihnen meine Art gefallen, historische Begebenheiten zu illustrieren, halten Sie mit Ihrer Meinung bitte nicht hinterm Berg. Kontaktieren Sie mich! Gern werden wir diese Buchreihe dann fortführen und um Geschichten aus der gesamten Oberlausitz erweitern. Ich wünsche Ihnen viel Spaß beim Lesen und freue mich auf Ihr Feedback!

Arnd Krenz

Verratene Liebe

Die Summe unseres Lebens sind die Stunden,
in denen wir liebten.

(Wilhelm Busch)

Sie war berauscht vor Glück, die Anna Rosina Lehmann, als ihre Dienstherrin darüber schimpfte, dass die Preußen wahrscheinlich schon morgen erneut in Löbau einrücken werden.

„Da machst du gleich die Kammer oben neben deiner fertig! Wir kriegen garantiert Soldaten zur Einquartierung und haben wieder mal ein paar Mäuler mehr zu stopfen", schnarrte sie die Anna harsch an. Dabei würdigte die Hausherrin das Mädchen keines Blickes, denn für sie als Frau des Bauinspektors Leder und Tochter des Bürgermeisters Kirchhoff, stand Anna Rosina als Dienstmagd in der Rangordnung der Stadt ganz weit unten. Sie wurde nur als „das Mensch" bezeichnet, das zu tun hatte, was man ihr sagte. Herzlichkeit, Wärme oder wenigstens ein bisschen Anerkennung war da nicht drin. Das störte die Anna aber heute überhaupt nicht. Erstens war sie das von ihrer Herrschaft gewohnt und zweitens hatte sie mitbekommen, wer diesmal in der Stadt Quartier nehmen wollte. Nämlich das Bataillon des Hauptmanns von Kalbuz aus dem Regiment des Prinzen von Preußen. Und damit kam er wieder nach Löbau: Ihr Christian, den sie so sehr liebte und der ihr so unendlich lang fehlte.

Vor über einem Jahr hatten sich beide in Löbau kennengelernt. Er kam aus Lauba und war gerade Geselle bei den Zimmerleuten geworden. Sie wurde in Wendisch Paulsdorf geboren, ihre Eltern waren Häusler und ziemlich arm. Anna hatte noch zwei Geschwister, die zu versorgen waren. Deshalb musste sie sich, als ältestes Kind der Familie, in der Stadt für ein paar Groschen als Dienstmädchen verdingen.

Zuerst sahen sich Anna und Christian hin und wieder aus der Ferne, wenn sie Dienstverrichtungen auf dem Markt oder in der Kirchgasse (der heutigen Nicolaistraße) zu erledigen hatten. Nur ein paar versteckte Blicke, vielleicht ein verlegenes Lächeln, huschten über die Straße. Bis zu jenem Freitagnachmittag, als sie ihn im dichten Gedränge des kleinen Kramladens der freundlichen Johanna Reimer plötzlich neben sich spürte. Für einige Sekunden wagte sie es, dem Blick seiner samtweichen blauen Augen standzuhalten. In diesem Moment war es um ihre zwei Herzen geschehen. Ein tief gehendes, alle Sinne berauschendes Gefühl stieg in beiden hoch, ein Gefühl, das zwei Seelen für immer verbinden sollte ...

Eine unstillbare Sehnsucht

Lange konnte das frisch verliebte Paar seine Zweisamkeit allerdings nicht genießen, weil bei Aushebung der Rekruten im Frühjahr 1756 das Los zur Gestellung auch auf Christian fiel. Nun war er für acht Jahre dem sächsischen Kurfürsten als Soldat verpflichtet. Er hattenach der Grundausbildung immer wieder, besonders im Herbst oder bei Mobilmachungen, pflichtschuldig zu seiner Einheit zurückzukehren. Dann kam, zu allem Verdruss, im August 1756 noch großes Übel in Gestalt der Preußen ins Land. Deren König, Friedrich II., überschritt mit seinem Heer in kriegerischer Absicht die heimatliche Grenze

und besetzte ganz Sachsen – mithin auch die Oberlausitz. Die preußische Armee schloss die Sächsische im September in einem Gebiet bei Pirna ein und im Oktober schließlich gab der sächsische Befehlshaber, Graf Rutowski, endgültig auf und kapitulierte. Die Folge war, dass der Preußenkönig alle sächsischen Soldaten, so auch den Christian, neu einkleidete und in den preußischen Militärdienst presste. Mit Widerwillen „durften" sie für die kommenden Jahre in zahlreichen Schlachten ihre Köpfe für den „Alten Fritz" hinhalten. Der wollte auf Biegen und Brechen das der österreichischen Kaiserin Maria Theresia von ihm entrissene Schlesien behaupten. Und das gegen eine mächtige Allianz, bestehend aus Österreich, Russland und Frankreich.

Doch trotz allem Ungemach, trotz aller Trennung, war beider Liebesleidenschaft so grenzenlos, dass Anna Rosina bis ans Ende aller Tage auf ihren geliebten Christian gewartet hätte! Und dann endlich, im November, kam von ihm der ersehnte Brief: Sein Regiment wäre in Budissin (Bautzen) ins Quartier gekommen und wenn sie ihn, so wie er es sich aus tiefstem Herzen wünschte, endlich heiraten wolle, solle sie doch so schnell wie möglich zu ihm eilen. Er würde nach ihrer Ankunft unterwürfigst beim Prinzen vorsprechen und um einen Trauschein bitten. Freudestrahlend drückte sie seinen Brief an die Brust – und ob sie wollte!

Nun war es freilich so, dass ihr – oder genauer beider – Ehewille zwar die eine, die reale Welt dagegen die andere Seite der Medaille war. Die striktesten Gegner der Hochzeitspläne waren Anna Rosinas Eltern. Einmal in der Woche kamen sie zum Markttag nach Löbau und Anna erzählte ihnen bei einer dieser Gelegenheiten, wie überglücklich sie sei und wie ihr geliebter Christian – der nun preußische Soldat war – ihr einen offiziellen Heiratsantrag gemacht hätte. Sie müsse nur schnell nach Budissin gehen, um die Trauung zu vollziehen …

„Um Gottes willen", ihr Vater vergrub sein Gesicht in beide Hände.
„Unsere Anna will einen Soldaten heiraten! Was ist bloß in das Mädel gefahren? Nie und nimmer bekommst du dazu unseren Segen!"

Auch Mutter schüttelte sofort entschieden den Kopf. Vater sah Anna fragend an:

„Wie stellst du dir das eigentlich vor? Willst du etwa im Tross mit den Preußen umherziehen, etwa zur Hure verkommen?"

Vater grauste bei diesem Gedanken.

„Und was ist, wenn dein Soldat beim nächsten Scharmützel ein Bein verliert oder sogar totgeschossen wird? Bist womöglich mit 20 Jahren schon Witwe oder mit einem Krüppel verheiratet! Und was dann? Hast du dir darüber wenigstens ein einziges Mal Gedanken gemacht?"

Er fuchtelte resolut mit den Armen.

„Daraus wird nichts – das schlag dir aus dem Kopf!"

Mutter nickte zustimmend und meinte nur noch:

„Außerdem werden dich die Leders nie und nimmer für mehr als eine Woche nach Budissin gehen lassen – da bist du gleich deine Stellung los!"

Anna schlich tief betroffen und mutlos quer über den Markt und verkroch sich in ihrer Kammer.

„Christian, ach Christian mein Lieber", heulte sie hemmungslos.

„Ich wünschte, du wärst ein Vögelein und kämest ganz schnell zu mir geflogen! Was soll nur aus uns beiden werden? Ich vermisse dich so sehr!"

Und Gott, in seiner unendlichen Güte, schien schließlich ein Einsehen mit Anna Rosina zu haben.

Ein Wiedersehen

Mittlerweile war bereits das 1757ste Jahr ins Land gegangen und am 15. März schickte sich der Frühling nach und nach an, das Zepter in die Hand zu nehmen. Anna hatte gerade, wie von der Hausherrin befohlen, eine Kammer für die Soldaten hergerichtet und fieberte ungeduldig dem morgigen Dienstag entgegen. Denn da konnte sie endlich ihren Christian wiedersehen, der mit seinem Bataillon, diesmal aus Böhmen kommend, in der Stadt Quartier nehmen sollte. Wie sehr sie sich darauf freute! Womöglich wird sogar ihr schönster Traum wahr und sie werden heiraten können!

Besagten Tages, schon gleich nach dem Aufstehen, lief sie immer wieder aufgeregt auf die Straße und schaute die Zittauer Gasse hinunter zum Stadttor, dass es endlich aufginge und hoffentlich auch ihr geliebter Christian inmitten seiner Kameraden herein marschiert käme.

Dann endlich hatte das bange Warten ein Ende! In der fünften Stunde am Nachmittag kamen plötzlich drei Offiziere zu Pferde die Zittauer Gasse herauf geprescht. Hinter ihnen wälzte sich ein langer Wurm, vom kräftezehrenden Marsch erschöpfter Blauröcke, langsam in Richtung Markt. Der Platz füllte sich rasch. Laute Kommandos, Stimmengewirr und Waffenklirren durchbrachen abrupt die idyllische Feierabendruhe. Hunderte preußische Soldaten verwandelten die Innenstadt binnen kurzer Zeit in ein kleines Heerlager. Sie warteten, froh bald in einem weichen Bett zu liegen, auf ihre Quartierzuweisung.

Anna Rosina indes hatte ihren Christian noch gar nicht entdeckt. Ihre Nerven waren zum Zerreißen angespannt. In ihrem Kopf unaufhörlich die quälende Frage:
„Christian wo steckst du? Bist du überhaupt mitgekommen? Wo finde ich dich nur?"
Sie hüpfte mal hierhin mal dahin, streckte ihren Hals und hielt Ausschau. Nach einer Weile vergeblichen Suchens schlich sie am Rathaus vorbei bis hinter zur Bautzner Gasse. Und da … Annas Herz stolperte vor Aufregung … da sah sie ihn! Müde an eine Hauswand gelehnt, als ob er jeden Moment herunterrutschen wollte, stand er plötzlich zum Greifen nahe vor ihr. Eine riesige Last fiel von Anna, es gab kein Halten mehr! Mit hellem Freudengeschrei rannte sie zu ihm, umarmte und küsste ihren Liebsten, ohne auch nur im Geringsten auf die Umstehenden und deren anstößige Bemerkungen zu achten. Jetzt zählte nur der Augenblick, er war wieder bei ihr – endlich, endlich! Dicke Glückstränen rannen ihr übers Gesicht. Sie schaute ihn an

und sah, wie auch er, überwältigt vom Moment, mit seinen Gefühlen kämpfte.

„Ach du, du mein Mädel ... meine Anna ...", wiederholte Christian immer wieder.

„Wie oft habe ich in langen Nächten und an trostlosen Tagen an dich denken müssen – wie sehr hast du mir gefehlt!"

Sein ganzer Körper zitterte in ihren Armen.

„Gedulde dich nur, bis wir in unseren Quartieren sind. Ich versuche, noch heute Abend in deine Kammer zu gelangen."

„Ja so machen wir's", flüsterte sie.

„Ich warte und gebe Obacht, dass meine Herrschaft nichts mitbekommt."

Ein hoffnungsvoller Plan

Kurz vor sieben, der Abend hatte Markt und Gassen schon fast in der Dunkelheit verschwinden lassen, huschte Christian auf der Kirchgasse ins Haus des Bauinspektors Leder. Anna wartete bereits unten im Flur auf ihn. Rasch schob sie Christian die Treppen hoch, vorbei an der Soldatenstube, in ihre kleine Kammer hinein. Da saßen sie nun, hielten einander bei den Händen und schauten sich einfach nur verliebt in die Augen, genossen für einige Augenblicke ihre tiefen Gefühle zueinander.

„Wie steht's", unterbrach Anna endlich das Schweigen, „hast du den Prinzen wegen des Trauscheines gefragt? Wann können wir endlich heiraten?"

„Ach Ännchen", Christian sah sie traurig an.

„Es ist wahrlich nicht einfach. Solange ich bei den Soldaten bin, wird aus unserer Hochzeit wohl nichts werden."

Er erzählte ihr, dass er vor einiger Zeit seinen Unteroffizier gefragt hätte, wie er denn zum Prinzen käme, ihn um einen Trauschein zu bitten. Doch der habe nur hämisch gelacht und gemeint:

„Zum Prinzen? Trauschein? Du hast wohl den Verstand verloren, Kerl! Jetzt ist Krieg und wir ziehen bald weiter nach Böhmen! Deine Braut sind wir und die Hochzeitsglocken werden dir bald als fette österreichische Kanonenkugeln um die Ohren fliegen! Ich wünsche dir schon jetzt viel Spaß bei diesem Fest!"

Damit hatte sich das Thema Hochzeit für den Rekruten Christian Gubsch endgültig erledigt.

„Glaube mir", Christian stützte den Kopf verzweifelt in die Hände, „ich habe wirklich keine Lust mehr als Soldat mit den Preußen umherzuziehen. Wäre ich nur morgen schon frei und wir könnten für immer zusammen sein! Ich liebe dich so sehr!"

Anna Rosina blickte ihren Christian eine Weile versonnen an. Dann sprach sie leise und eindringlich auf ihn ein:

„Wir könnten tatsächlich schon bald zusammen sein – wenn du nur willst und kein Angsthase bist!"

Wieder ergriff sie seine Hand und erklärte den seit gestern in ihr gereiften Plan:

„Schleiche dich am Donnerstag des Abends Punkt neun zum Haus des Bürgermeisters Kirchhoff. Ich werde dich dort im Keller so lange verstecken, bis die Preußen wieder aus der Stadt ziehen. Und selbst wenn es vier Wochen und länger dauern sollte – hinterher bist du endlich frei!"

Christian sah sie fragend an und war gleichzeitig erschrocken, wusste er doch, dass die Preußen mit Deserteuren kurzen Prozess machen.

„Keine Angst", versuchte Anna ihn zu beruhigen.

„Ich kenne den Keller. Da unten liegen nur Brauutensilien und er ist nicht verschlossen. Ich kann dich also mit allem Nötigen versorgen. Ich habe sowieso viele Dienstgänge bei den Kirchhoffs zu erledigen, schließlich sind's die Schwiegereltern vom Leder. Wenn wir vorsichtig sind, kann uns mit Gottes Hilfe nichts passieren."

Christian grübelte und nach einer Weile willigte er schließlich ein.

„Na gut Ännchen, so wollen wir's machen!"

Hoffnungsvoll fügte er hinzu:

„Ich weiß von vielen sächsischen Kameraden, die aus der preußischen Armee geflohen sind. Unsere treuen Sachsen haben ihnen im ganzen Lande weitergeholfen. Keiner mag die Preußen so recht leiden – auch in unserer Oberlausitz nicht."

Er küsste Anna sanft auf die Stirn.

„Und wenn wir frei sind, mein liebes Ännchen, dann gehen wir nach Böhmen, wo uns keiner kennt, und lassen uns von einem Pfarrer trauen."

So beschlossen sie's an diesem Abend und waren voller Zuversicht.

Kurz vor acht musste er, wie es das Reglement verlangte, in sein Quartier zurück. Anna brachte Christian bis zur Haustür. Sie sah ihm noch lange nach, bis die Finsternis seinen blauen Uniformrock verschlang.

Ein unsicheres Versteck

Ganze vier Tage hockte Christian nun schon im Keller des kirchhoffschen Hauses. Immer wenn Anna konnte und es keiner sah, stieg sie die steilen Stufen zu ihm hinunter und versorgte ihn mit allem, was er brauchte. Sogar Bier brachte sie ihm, auch ein Federbett hatte sie organisiert und in den Keller geschmuggelt. Viel Zeit blieb ihnen bei den kurzen Besuchen nicht. Dennoch genossen sie die Momente, waren zärtlich zueinander und schmiedeten an ihren Zukunftsplänen.

Vom Abzug des preußischen Bataillons war in der Stadt indes noch nichts vermeldet worden. Allerdings hatte das Verschwinden Christians für einigen Wirbel gesorgt.

„S'ist wieder einer desertiert",ging die Runde von Haus zu Haus.

Die Wachmannschaft lief gereizt umher und fragte die Leute immer wieder nach einem verschwundenen Rekruten namens Christian Gubsch. Er war zur vorgeschriebenen Zeit nicht in seinem Quartier erschienen. Seitdem hatte ihn keiner mehr gesehen. Im Keller des Bürgermeisters zu suchen, auf die Idee kam allerdings keiner. Trotzdem wurde Christian das Versteck langsam zu gefährlich. Überdies war ihm die ständige Dunkelheit zuwider.

„Ännchen, hier mag ich nicht länger bleiben", klagte er am Montag,

„Gestern in der Abendstunde kam sogar jemand mit brennendem Licht herunter, hat mich aber hinter den gestapelten Braugefäßen zum Glück nicht entdeckt. Lass uns nach einem besseren Versteck suchen!"

Da fiel Anna ein, dass es am besten wäre, wenn er sich bis zum Abzug der Preußen in ihrer Kammer verbergen würde.

„Zudem wären wir dann immer beieinander", meinte sie.

„Und gefährlich ist's auch nicht, denn außer mir kommt keiner da rein. Ich habe den Schlüssel immer in der Schürze und meine Herrschaft hat sich dort oben noch nie blicken lassen."

Sie glaubte, wenn Christian sich ruhig verhielte, könne er dort bis zum Sankt Nimmerleinstag unentdeckt bleiben. Gesagt, getan! Abends in der achten Stunde gleichen Tages, huschten beide ungesehen über die dunkle, menschenleere Gasse in Annas kleine Stube hinauf.

Keiner der anderen Bewohner, einschließlich seiner im Haus einquartierten Bataillonskameraden, bemerkte das Liebespaar, das sich hier heimlich auf unbestimmte Zeit einzunisten versuchte.

Ein tragisches Ende

Am Mittwoch in der Mittagszeit wendete sich jedoch das Schicksal. Anna hatte ihrer Herrschaft unten in der großen Stube gerade die Mahlzeit serviert und wollte nun, so wie sie es die ganze Zeit getan hatte, ihrem Christian das Essen bringen. Da dies unauffällig geschehen musste, lief sie mehrmals, kleine Stücke unter ihrem Kittel verbergend, von der Küche in die Kammer hinauf.

„Was macht das dumme Ding da?"

Fatalerweise fiel dem Leder diesmal Annas Verhalten auf.

„Rennt immer treppauf treppab und macht sich in ihrer Kammer zu schaffen!"

Prompt wies er seine Frau an, das Mädchen unter einem Vorwand wegzuschicken und dann in der Kammer nachzusehen, um die seltsamen Aktivitäten aufzuklären. Weisungsgemäß schlich Leders Ehefrau, nachdem Anna weg war, über einen Nachbarraum ans Dienstmädchenzimmer heran, öffnete die Verschlusskette und schielte ins Zimmer. Als sie sah, dass ein preußischer Soldat am hellerlichten Tag auf Anna Rosinas Bett saß, schlug sie die Tür zu Tode erschrocken wieder zu.

17

„Jesus Maria!", kreischte sie und meldete ihrem Mann völlig aufgelöst die skandalöse Entdeckung.

Der meinte gleich, dies könne doch nur der weggelaufene Preuße sein, der schon tagelang gesucht wird. Bauinspektor Leder griff augenblicklich nach seinem Hut, den Deserteur beim preußischen Kommandanten zu melden. Die vorsichtige Einwendung seiner Frau, dies sei doch auch nur ein armer Kerl und vielleicht sogar ein Sachse, ließ er nicht gelten. Kurz angebunden meinte er lediglich:

„Der preußische Hauptmann ist nun mal gerade Obrigkeit in unserer Stadt. Da hat man als pflichtbewusster Bürger, will man im rechten Lichte dastehen, seine Pflicht zu tun." Außerdem hast du ja selber die Aushänge gelesen und weißt, was denen blüht, die Deserteure verstecken!"

Auf der Straße gab er dem Schuljungen Fiebiger schnell einen Groschen, mit dem Auftrag, im Hof aufzupassen, dass der Soldat nicht etwa oben aus dem Fenster klettere. Dann eilte er, so schnell ihn seine Beine trugen, ins Quartier des Hauptmanns von Kalbuz.

„Braver Mann!"

Kalbuz zog befriedigt an seiner mittäglichen Tabakspfeife.

„Das hat er gut gemacht und sich wahrhaftig einen Taler Belohnung verdient!"

Er gab postwendend Befehl den Deserteur samt dem Dienstmädchen im Lederschen Hause abzuholen und zu arretieren. Bauinspektor Leder indes, voll Stolz über so viel Lob, schwenkte seinen Dreispitz und verließ mit leuchtenden Augen und tiefen Verbeugungen das Zimmer des preußischen Kommandanten. Noch nicht ganz an seinem Hause angekommen, konnte er schon von Weitem miterleben, dass die Preußen offensichtlich von der ganz schnellen Truppe sind. Sie waren gerade dabei Christian Gubsch abzuführen und auch Anna, die just von ihren Besorgungen zurückgekommen war, lief direkt in die Arme der Wache. Willenlos in sich zusammengesackt und tränenüberströmt ließ sie sich mitnehmen. Eine Handvoll Gaffer beobachtete mit offenen Mäulern die Szene.

Inzwischen saß Anna Rosina im Stockhaus und konnte ihr Unglück kaum fassen. Am gestrigen Nachmittag hatte sie der Löbauer Stockmeister Greulich von der preußischen Wache am Zittauer Tor mit tröstenden Worten hierhergebracht. So viele Tränen, wie sie hätte vergießen wollen, konnten tausend Menschen nicht weinen. In ihr bohrte unaufhörlich die Frage, was in Gottes Namen jetzt mit ihrer Liebe geschehen solle. Nicht an sich selbst, nur an ihren Christian musste sie unentwegt denken. Vorhin brachte man beide aufs Rathaus zum Verhör. Sie konnten sich nur verstohlen in die Augen sehen und hatten alles offenherzig zugegeben. Was sollten Lügen auch bringen! Das auch ihr eine Strafe drohte, war klar. Sie hatte die preußischen Plakate gesehen und der Pastor musste es oft genug von der Kanzel verkünden:

„Alles Hab und Gut derjenigen, die einen Deserteur verbergen, wird konfisziert."

So hatte es der „Alte Fritz" den Sachsen angedroht. Sie aber war arm wie eine Kirchenmaus. Was konnte also groß passieren? Vielleicht ein paar Wochen Karzer, aber das war ihr im Moment egal. Wenn nur ihr Christian heil davonkäme!

„Nimm's dir nicht so zu Herzen", versuchte Stockmeister Greulich Anna in ihrer Zelle aufzumuntern. Als Oberlausitzer und Sachse fühlte er im Innersten mit ihr.

„Wenn die Preußen hier weg sind, wird der Rat dich ganz bestimmt wieder freilassen. Dann kräht kein Hahn mehr nach der Sache!"

„Schlimmer steht's da schon um deinen bedauernswerten Bräutigam." Greulich schluckte und strich Anna über die Schulter.

„Heute ist ein preußischer Oberst hier aufgetaucht und hat den Scabinius (Gerichtsschöffe) Segnitz zu sich befohlen. Morgen soll der Deserteur vorm Zittauer Tor, direkt am Weg nach Rumburg, gehenkt werden. Unser Scharfrichter muss ihn anschließend an der Kirchhofmauer unchristlich verscharren ..."

„Tut mir leid – so ist's nun mal, da können wir alle nichts dagegen tun."

Der Stockmeister blickte traurig in Annas entsetztes Gesicht, nickte noch einmal bedrückt und ließ die kreidebleiche Anna in ihrem Leid allein.

Die ganze Nacht hatte sie verzweifelt in der Ecke ihrer Zelle gehockt. Aller Lebensmut war aus ihr gewichen. Den Kopf auf die Knie gelegt, sodass ihr langes braunes Haar den Fußboden berührte, flog ein leises Wehklagen zum ungerechtesten aller Götter in den sonst so gelobten Himmel. Und dann, in der Frühe des nächsten Tages, als mehrere Trommelwirbel vom Markt her einen nahen Soldatentod ankündigten, drang ein Mauern durchdringender Aufschrei unsäglichen Schmerzes zu den Menschen hinaus. Ohnmächtig klagte er unterwürfige Feigheit, Gewalt und Menschenverachtung an.

„Ihr verfluchten Racker wollt ihr denn ewig leben?"
(Friedrich II. zu seinen fliehenden Soldaten in der Schlacht bei Kolin, 1757)

oooooo

Wie der deutsche Kaiser auf dem Bahnhof Löbau nur knapp mit dem Leben davonkam

ooooo

Waren das wieder aufregende Tage in Löbau! Nein wirklich – so etwas konnte man nicht oft in der Stadt erleben!

Ein Kaisermanöver

Man schrieb das Jahr 1896. Der Sommer verabschiedete sich in der ersten Septemberhälfte ziemlich regnerisch, als wieder einmal Kaisermanöver angesagt waren. Diesmal tobte das „große Schlachtengetümmel", verfolgt von ganz großer Prominenz, in der schönen Oberlausitz zwischen Löbau und Görlitz.

Pferdegetrappel, schepperndes Militärgeschirr und schneidige Kommandos ersetzten bis in die Nachtstunden hinein auch das sonst so friedliche Leben der Löbauer Bevölkerung. Ganz besonders zum Entzücken der weiblichen Jugend waren jede Menge Soldaten da. Schneidige Burschen – manchmal über 7000 an der Zahl – die, dem einen zur Freude, dem anderen zum Stress, für turbulente Abwechslung vom täglichen Alltagseinerlei sorgten.

Und die Kinder erst! Sie waren in diesen zwei Wochen ganz aus dem Häuschen. Vor allem Jungs rannten in kleinen Scharen lärmend durch die Straßen. Sie bestaunten Waffen, Ausrüstung und Uniformen und schauten dem Militär bei seinem Treiben genau zu, um beim Soldat spielen ja alles richtig zu machen. Glücklich waren dabei die Kinder, deren Eltern genug Geld übrig hatten, um beim Spielwarenhändler Holzflinte und Blechsäbel für ihre kleinen Möchtegernhelden erstehen

21

zu können. Der Rest behalf sich mit Stöcken und selbst geschnitzten Schwertern. Ab ging's mit großem Hallo zum „Sturmangriff" auf den „Feind". Nicht selten stand mancher Held anschließend ziemlich kleinlaut und heulend mit geschwollener Backe zu Hause beim Vater auf der Matte.

Ernsthafter ging es da schon im „Wettiner Hof" zu. Hier war zeitweise ein preußischer Divisionsstab einquartiert. Er dachte auf Grundlage der Manöveridee an Messtischblättern über aktuelle militärische Lagen nach und gab Befehle an die einzelnen Truppenteile

Wettiner Hof am Wettiner Platz

aus. Eine Ostarmee unter dem Befehl von Generalfeldmarschall Graf Waldersee hatte nämlich angenommenerweise eine Westarmee im Raum Breslau eingeschlossen und nunmehr die zu deren Entsatz anrückenden Truppen abzuwehren. Das war, zugegebenermaßen, eine knifflige Aufgabe, welche aber letztendlich die Ostarmee bravourös löste. Die gesamten Manöverhandlungen liefen unter den mehr oder weniger fachmännischen Blicken Seiner Majestät Kaiser Wilhelms II. ab. Mehrmals fuhr er in seinem kaiserlichen Sonderzug auf der sächsisch-schlesischen Bahnlinie hin und her. Obwohl diesmal absolut kein Kaiserwetter angesagt war, stieg er immer wieder aus, um von ausgewählten Punkten das Manövergeschehen zu begutachten. Am 07. September tat er das sogar mit seinem angeheirateten Cousin, dem russischen Zaren Nikolaus II., den er im Anschluss mit seiner Frau in Görlitz bewirtete.

Am 12. September beschloss ein Gefecht zwischen Spittel und Trauschwitz das Manöver. In einem Zelt auf dem Wohlaer Berg wertete am Vormittag Prinz Albrecht von Preußen, in Anwesenheit SM Kaiser Wilhelm II., des Königs von Sachsen, der königlichen

Hoheiten Prinz Georg, Prinz Ludwig und Leopolds von Bayern, das Manövergeschehen aus. Im Anschluss fuhren die hohen Herrschaften über Kittlitz nach Löbau. Damit nahm eine Verkettung unglücklicher Ereignisse ihren Lauf, die den Deutschen fast ihren Kaiser genommen hätte und Löbau europaweit in die Schlagzeilen brachte.

Unglückliche Ereignisse nehmen ihren Lauf

Während die Monarchen noch auf dem Weg von Kittlitz zum Löbauer Bahnhof waren, fuhr mittags um halb zwölf Uhr der von zwei Lokomotiven gezogene kaiserliche Sonderzug, aus Richtung Bautzen kommend, in Löbau ein. Dieser konnte jedoch nicht auf dem Görlitzer Ferngleis stehen bleiben, weil in Kürze auf demselben der fahrplanmäßige Schnellzug aus Dresden erwartet wurde. Damit die freie Durchfahrt dieses Zuges gewährleistet werde, wies Bahnhofsinspektor Wilhelm Julius Götze die Lokführer an, ihren Zug einstweilen rückwärts in das Ebersbacher Gleis zu fahren. Auf dem war weiter hinten bereits der Fürstenzug zur Aufnahme der anderen adeligen Herrschaften eingeparkt. Die ganze Aktion musste mit größter Vorsicht geschehen, weil sich der Bahnhof samt Perron mehr und mehr mit neugierigen Menschen füllte. Sie alle wollten unbedingt dem Kaiser und ihrem geliebten sächsischen König zujubeln.

Gerade stand der Kaiserzug da, wo er niemanden störte, war vor dem Bahnhofsgebäude aufwallender Jubel zu hören:
„Hoch dem Kaiser! ... Lang lebe unser König Albert! ... Vivat, Vivat!"
In diesem Moment erschien Transportdirektor Eugen Theodor Winkler in seiner Eigenschaft als Manager des Kaiserzuges auf der Bildfläche. Als er vernahm, dass sein Dienstherr im Anmarsch war, gewann sein innerer Trieb vorauseilender Gehorsamkeit die Oberhand. Da er seinem Kaiser alles Recht machen wollte, schoss es ihm wie ein Blitz durch den Kopf:
„Der Kaiser muss als Erster fahren, der Schnellzug aus Dresden kann warten!"

Gedacht – getan! Er machte auf dem Bahnsteig den verantwortlichen Bahninspektor Götze ausfindig und befahl ihm, den Fahrplan zu ändern und den Schnellzug zu stoppen.

„So ein Wahnsinn", dachte dieser bei sich, „das ist beim besten Willen nicht mehr zu schaffen"!
Der planmäßig 11:54 Uhr eintreffende Zug war zwar mit fünf Minuten Verspätung angesagt, musste aber trotzdem jeden Moment vor dem Bahnhof erscheinen. Aber Winkler stand in der Hierarchie über ihm. Er war damit Obrigkeit, folglich kompetenter und so gab es für ihn als Beamten nur eine Alternative: gehorchen! Er eilte wegen der vielen Leute auf Umwegen zum Telegrafenbüro und gab Winklers Anweisung weiter, ohne jedoch die Bestätigung einer erfolgten Signalsetzung abzuwarten. In dieser Zeit hatte Winkler den kaiserlichen Zug schon zum Bahnsteig beordert, sodass die erste Lok ganz, die Zweite halb, auf dem Görlitzer Gleis zum Stehen kam. Mit Götze hatte er sich nicht noch einmal verständigt. Einen Moment später waren Kaiser Wilhelm II. sowie König Albert am Zug angekommen. Sie verabschiedeten sich wohlwollend voneinander. Ein huldvolles Nicken, eine beiderseitige Ehrenbezeigung – und der Kaiser bestieg seinen Salonwagen.

Etwas weiter westlich, am Maschinenhaus, beobachteten derweil einige Bahnmitarbeiter kopfschüttelnd die Vorgänge auf dem Bahnhofsgelände. Einen Augenblick später sahen sie am Anfang der lang gestreckten Kurve vor dem Bahnhof auch schon den ebenfalls von zwei Lokomotiven gezogenen Schnellzug aus Dresden mit Volldampf heranbrettern. Sie befürchteten das Schlimmste und rannten aufgeregt, die Arme über dem Kopf hin und her schwenkend, dem Zug entgegen.

„Anhalten, anhalten", schrien sie den Lockführern zu, in der Hoffnung verstanden zu werden. Doch vergebens, ihnen blieb nichts anderes übrig, als das Unvermeidliche tatenlos mit anzusehen.

„Die Löbauer sind wohl heute besoffen", dachte der Führer der ersten Schnellzuglokomotive, Uhlemann, bei sich, als er die wild gestikulierenden Bahnarbeiter sah. Dennoch bekam er ein mulmiges Gefühl, gab seinem nachfolgenden Kollegen ein Zeichen und beide bremsten vorsichtshalber ihre Maschinen vorzeitig ab. Gott sei Dank, wie sich gleich darauf herausstellen sollte. Der leicht irritierte Uhlemann schob seinen Oberkörper jetzt weit zur rechten Seite hinaus und sah nach wenigen Metern in Sekundenbruchteilen nicht nur was, sondern auch wer ihm da im Wege stand.

„Festhalten … der Kaiser", hörte ihn sein Heizer, dem vor Schreck die Schippe aus der Hand fiel, noch schreien – dann riss Uhlemann mit panikverzerrter Miene an Bremse und Sandstreuer …

Zur selben Zeit war Kaiser Wilhelm II. gerade im Salonwagen verschwunden und Seine Majestät König Albert im Gehen begriffen. Plötzlich sah Albert zu seiner Linken die Besatzung der zweiten Lok des Kaiserzuges im Hechtsprung die Maschine verlassen. Augenblicks darauf ließ ein klirrendes Krachen die Menschen auf dem Bahnhof erbleichen. Wie angewurzelt blieben sie stehen. Auch König Albert fuhr es durch Mark und Bein:

„Heilige Muttergottes … was war das?"
Einen Moment später verließ Wilhelm II. verwirrt mit schlotternden Knien seinen Zug und registrierte, dass alles um ihn offensichtlich noch heil war. Erst dann sah er einen kalkweißen Sächsischen König auf sich zukommen.

„Majestät … Ist Eurer Majestät etwas passiert … Ich bin untröstlich … Was ist hier geschehen", stammelte dieser um Fassung ringend.

Nach Minuten der Besinnung realisierten beide, dass ein Schnellzug die zweite Lok des Kaiserzuges gerammt hatte. Glücklicherweise mit relativ geringer Geschwindigkeit, dass im Grunde kein größerer Schaden entstanden war. Lediglich die zwei betroffenen Lokomotiven und die vier Mann Besatzung der zwei Schnellzuglokomotiven hatten leichte Blessuren davongetragen. Der Sonderzug des Kaisers wurde vom Ebersbacher Gleis auf das Görlitzer Gütergleis geschoben. Nachdem die beschädigte Lokomotive ausgetauscht war, konnte der Kaiser schon am Nachmittag seine Reise in Richtung Görlitz fortsetzen.

Löbau in den Schlagzeilen

Dieser Vorfall brachte Löbau in die Schlagzeilen der deutschen – und teilweise auch der europäischen Gazetten. Sie stürzten sich sensationslüstern in spaltenlangen Artikeln auf das Ereignis. Sie bauschten auf, beglückwünschten den Kaiser pathetisch zu seiner „Rettung" und zogen Schuld zuweisend über die Löbauer Bahnbeamten her. Alles nach dem Motto:
„Was hätte passieren können, wenn?"

Und in der Tat: Was hätte passieren können, wären nicht die Löbauer Bahnmitarbeiter gewesen, die den Lokführern des Dresdner Zuges mit Händen und Füßen ein Anhalten signalisiert hatten? Sie sind die eigentlichen Helden des Geschehens. Kaum auszumalen, wenn der Dresdner Schnellzug mit nur 10 bis 20 km/h schneller in den Kaiserzug gefahren wäre. Dann wäre in Löbau womöglich große Geschichte geschrieben worden und der Bahnhof ganz sicher als Schicksalsort in die Annalen eingegangen. Für die beiden Verantwortlichen des Desasters hatte das Ganze im Dezember 1896 noch ein gerichtliches Nachspiel. Transportdirektor Winkler, der im Prozess feige alle Schuld auf Götze abwälzen wollte, bekam vom Landgericht Bautzen zwei Monate und Bahnhofsinspektor Götze einen Monat Gefängnis aufgebrummt. Danach geriet der Löbauer Eisenbahneklat langsam in Vergessenheit. Es ist doch aber auch mal schön, so etwas wieder auszugraben – oder?

Ausgebrannt und obdachlos – das große Feuer vor über 300 Jahren

∞∞∞

Vor über 300 Jahren, am Mittwoch, den 22. Oktober abends in der siebenten Stunde, traf die Bewohner der Stadt Löbau ein schwerer Schicksalsschlag. Ein Schicksalsschlag, der sie noch auf Jahrzehnte jäh aus bösen Träumen hochfahren ließ. In jener Schreckensnacht verloren Hunderte Menschen ihr Obdach, die Stadt verlor das Rathaus und fast ihre kommunale Existenz. Mindestens ein Drittel Löbaus sank kurz vor dem nahen Wintereinbruch jämmerlich in Schutt und Asche. Hier ist die Geschichte:

Ein heimtückischer Feuerteufel

Der Abend hatte soeben seinen Mantel über die Häuser gehangen, die Bürger sich von einem arbeitsreichen Tag in den wohlverdienten Feierabend verabschiedet. Draußen war es ziemlich kühl und ein steifer Wind ließ die Glieder frösteln. Der Marktplatz schien, bis auf einige Katzen und Hunde, wie leergefegt. Die Menschen trafen sich langsam in ihren Stuben am warmen Ofen oder den Bierhäusern zum gemütlichen Feierabendplausch. Überall drang Kerzenschein aus kleinen Fenstern und dicker Rauch von Holzfeuern stieg, schnell vom Wind fortgeblasen, aus Schloten in die Abendluft. Alles in allem eine anheimelnde, wohlige Kleinstadtidylle, für den, der bald ein behagliches Plätzchen fand. Inmitten des Ganzen stand ehern das stolze Rathaus, als wollte es sagen:

„Macht Euch keine Sorgen und ruhet in Frieden. Ich werde auch in dieser Nacht meine schützende Hand über euch halten!"

Zu dieser Zeit ahnte es noch nicht, dass ihm in wenigen Augenblicken ein irrer Feuerteufel den Garaus machen sollte.

Und es war ein ganz heimtückischer Bursche, der sein zündelndes Werk, wie Feuerteufel es meist zu tun pflegen, vorerst unbeachtet verrichtete. Er tat das auf dem Dachboden im Hause des Handelsmannes Johann George Rothe. Dessen Anwesen stand auf dem Markt direkt neben dem Rathaus, dort wo sich heute das „Goldene Schiff" befindet. Daheim war zu dieser Abendstunde niemand, außer Dorothea Phillipp, die sich noch in Rothes Kramladen zu schaffen machte. Und somit bemerkte keiner, dass aus den Giebelritzen und unter der Traufe immer dickerer Qualm nach außen drang. Erst als eine Stichflamme mit dumpfem Knall meterhoch aus dem Dach sprang, wurden einige Bewohner der gegenüberliegenden Marktseite aufmerksam. Neugierig rannten sie vor die Tür und mussten völlig fassungslos mit ansehen, wie die Flammen bereits am Rathaus hochfauchten. Entsetzt schrien sie:
„Feuer, Feuer", und rannten sofort, von blanker Angst getrieben, an die Nachbarhäuser.
Dort trommelten sie wie wild an Fenster und Türen, um die anderen Bürger zu alarmieren. Eine Feuerwehr im heutigen Sinne gab es zu dieser Zeit noch nicht. Die Brandbekämpfung war Sache aller Bürger und durch die Feuerordnung der Stadt geregelt.

Nun weiß heutzutage jeder, dass eine Ordnung zwar gut und schön ist, deren Einhaltung allerdings, besonders wenn längere Zeit nichts vorkam, oftmals zu wünschen übrig lässt. Das mussten auch die Löbauer an jenem Abend schmerzlich erkennen, da ein gewisser Kumpel, genannt „der Schlendrian", über die Jahre wieder gute Arbeit geleistet hatte. Da sollten zum Beispiel vor allen Türen sowie auf Böden stets gefüllte Wasserfässer und an den Rohrkästen volle Schleif- sowie Tragebottiche bereitstehen. Weil dies aber nur zum Teil geschehen war, gingen schon deswegen wertvolle Minuten verloren.

Der große Löbauer Stadtbrand

Ein aussichtsloser Kampf

Zunächst rannten die Menschen aufgescheucht und ohne Plan auf dem Markt umher. Einige mit Eimern und Kannen, die anderen mit Äxten und Schaufeln bewaffnet, versuchten sie dem Feuer Herr zu werden. Erst nach über einer viertel Stunde kam, nachdem die ganze Stadt alarmiert war, durch energisches Durchgreifen der Drittelmeister Ordnung ins Gewühl. Es gelang ihnen, Doppelreihen für den Eimertransport aufzustellen – in der einen Reihe die vollen Eimer hin, in der anderen die Leeren zurück. Speziell dafür eingeteilte Leute holten Vorspannpferde aus den Ställen, andere wiederum schafften Spritzenwagen, Schläuche und anderes Löschgerät heran. Gerade noch rechtzeitig gelang es ihnen, die Gerätschaften aus dem schon brennenden Marstall zu schaffen und an die Brandhelfer zu verteilen. In den nächsten Stunden kämpften alle aufopfernd, um ihre Heimatstadt zu retten. An einem mangelte es ihnen dabei garantiert nicht, nämlich am Löschwasser. Davon hatte Löbau genug. Es gab jahrhundertealte Brunnen und die Wasserleitung aus dem Ölsaer Teich. Ebenso konnte reichlich Wasser aus dem See vor der südlichen Wehrmauer in die Stadt gebracht werden. Diese Gegebenheiten verhinderten zwar

Schlimmeres, alles in allem war eine tragische Katastrophe aber nicht mehr abzuwenden.

Kräftig angeblasen vom Südwind, hatten sich im Verlaufe weniger Stunden die Brot-, Fleisch- und Schuhbänke, die halbe Kirchgasse, die Budissinische-, Görlitzische- und Rittergasse, nebst dem Sporer- und Rosengässchen, in ein höllisches Flammenmeer verwandelt. Hier hineinzugehen wäre glatter Selbstmord gewesen. Ebenso erfasste das Feuer die Stadtmauer sowie das Görlitzer- und Bautzener Tor. Es übersprang sogar den tiefen Stadtgraben und fraß sich teilweise in die Görlitzer- und Bautzener Vorstadt hinein. Besonders heftig tobte der Kampf gegen die Flammen in der Badergasse. Fast an ein Wunder grenzend gelang es der Löschmannschaft, ein Übergreifen des Brandes auf die südlichen Stadtteile, und damit die völlige Zerstörung der Stadt, abzuwenden. Große Gefahr drohte auch vom Rathausturm. Mit Bangen sahen die Leute, dass dieser gleichfalls in Flammen stand. Von ihm aus hätte das Feuer, wenn der Wind sich drehte, ebenso auf die andere Seite des Marktes bzw. in die Schulgasse hinein treiben können. Doch dazu kam es nicht mehr, denn in der elften Stunde konnte das durchgebrannte Gebälk das Dach des Rathauses nicht mehr tragen. Mit großem Getöse fiel es zusammen und riss seinen Turm mit sich. Die Menschen rannten in Panik vom Marktplatz, die Erde bebte, eine riesige Asche- und Staubwolke durchzog alle Gassen und machte das Atmen fast unmöglich. Das Wahrzeichen der altehrwürdigen Sechsstadt Löbau war gefallen!

Unaussprechliches Leid

Einige Zeit zuvor spielten sich jenseits der Stadttore herzzerreißende Szenen ab. Frauen, vom rasenden Feuer überrascht, rannten mit nur dem, was sie auf dem Leibe trugen, aus der Stadt hinaus. Dabei hatten sie lediglich das, was ihnen am wertvollsten war: ihre Kinder. Die laufen konnten, klammerten sich schreiend an Mutters Rock, die Babys waren notdürftig in Tücher gewickelt. In vielen Häusern mussten Mütter ihre

Kinder halb nackt sogar aus Krankenbettchen reißen, denn in Löbau grassierte gerade eine scheußliche Blatternepedemie, Nun standen sie die ganze Nacht draußen vor den Mauern ihrer Heimatstadt und froren. Bitterlich weinend mussten sie ohnmächtig mit ansehen, wie drinnen ein Haus nach dem anderen unter den Flammen zusammenkrachte, wie ihr ganzes Hab und Gut, ihr Heim, ihre Existenz elend in Schutt und Asche versank. Kein Auge konnte da trocken bleiben und mancher wird in dieser schweren Stunde sicher versucht haben, seiner Nachbarin ein klein wenig Trost zu spenden, sie in den Arm zu nehmen, um das Leid mit ihr zu teilen.

Als der nächste Morgen den grausigen Schauplatz langsam mit Tageslicht füllte, war das Feuer, bis auf kleine Lohen erloschen. Zaghaft und mit banger Ahnung gingen die Frauen wieder in die Stadt hinein. Aus allen Richtungen kamen auch die Männer herzu. Sie trafen sich an ihren Häusern, die Schäden näher zu besehen. Es war eine gespenstische Szenerie, die sich ihnen darbot. Zwischen Kirch- und Bautzener-, bis hin zur Badergasse waren sämtliche Gebäude völlig abgebrannt. Nur einzelne Fassadenreste ragten noch wie mahnende Monumente in den Himmel. Fast aller Hausrat, das Mobiliar, die Kleidung, auch Geld und wichtige Urkunden, alles war den Flammen zum Opfer gefallen, war zu Asche geworden und unter Schutt begraben. Überall sah man ratlose, verzweifelte Menschen in den Trümmern umhersteigen. Sie wischten die Tränen aus ihrem Gesicht, umklammerten sich im Schmerz oder stützten einfach nur mutlos den Kopf in die Hände. Von heute an waren sie auf unabsehbare Zeit arme Leute und auf die Barmherzigkeit ihrer Mitmenschen angewiesen.

Ein Neubeginn

Nun war es an Bürgermeister und Ratmannen, das Leben in der Stadt aufrechtzuerhalten und den Wiederaufbau zu organisieren. Die Bilanz war niederschmetternd: Insgesamt hatte das Feuer 57 Häuser, darunter 27 Bierhöfe, 4 öffentliche Gebäude, 1 Brauhaus, 9 Scheunen,

3 Ställe und einen wesentlichen Teil der Stadtbefestigung gänzlich zerstört. Das bedeutete: 126 Familien, bestehend aus 433 Personen, waren ab sofort obdachlos. Von Anfang an war dem Rat klar, dass bei dem Ausmaß der Zerstörung die vollständige Wiederherstellung eines intakten Stadtlebens in kurzer Frist auf keinen Fall möglich ist. Erstens stand der Winter vor der Tür, umfangreiche Bauarbeiten waren also erst im nächsten Frühjahr möglich. Zweitens befand sich das Kurfürstentum Sachsen mitten im Nordischen Krieg. Aufgrund dessen war auch Löbau mit früheren Militär-Einquartierungen und den damit verbundenen Abgaben hoch belastet. Ergo war das Geld für Baumaterialien, sowohl bei Bürgern als der Kommune, denkbar knapp. Drittens waren viele Vorräte ein Opfer der Flammen geworden und mussten neu beschafft werden.

Die Menschen betrachteten derartige Heimsuchungen seinerzeit als harte und verdiente Strafe Gottes für ihre begangenen Sünden. Doch egal wie schlimm diesmal die Strafe auch war, Gott ist gerecht und barmherzig, das Leben musste weitergehen und die Stadt für die Bewohner und kommende Generationen erhalten bleiben! Zuerst galt es, die abgebrannten Bürger über den Winter zu bringen. Dazu brachte der Rat, ähnlich wie bei Militäreinquartierungen, einen Großteil der wohnungslosen Familien in anderen Bürgerhäusern unter. Für einige Hausbesitzer, von deren Gebäuden noch Wände übrig geblieben waren, schnitt die Stadt kostenlos Bretter zurecht, damit diese sich provisorisch einen Verschlag zusammenhämmern konnten. Das alles waren natürlich nur vorübergehende Notlösungen. Damit man im nächsten Jahr mit dem Wiederaufbau richtig anfangen konnte, hieß es vordringlich: Geld beschaffen!

Deshalb schickten die Löbauer, so schnell es ging, Briefe an ihren Kurfürsten (August den Starken) sowie an die Land- und Geistlichen Stände. Sie schilderten darin ihre missliche Situation. Daraufhin erging Anweisung im ganzen Sachsenlande Kollekten (Sammelbüchsen) aufzustellen, also auf die Solidarität der Landsleute zu hoffen. Auf diese Weise kam über die Wintermonate zwar kein kostendeckender, aber immerhin ein Betrag zusammen, mit dem die Stadt die wichtigsten Aufbauarbeiten bestreiten konnte. Die erste Spenderin übrigens, die Anfang November Bargeld nach Löbau schickte, war mit 200 Talern die Stadt Görlitz, ihr folgten die Stadt Kamenz, Bernstadt sowie der Pastor von Oberoderwitz, Johann Adam Schöne. Der Rat von Löbau wollte aber auch selbst aktiv werden und bestellte in seinem Auftrag sogenannte „Kollektoren", die landauf landab ziehen sollten, um die Kasse mit klingender Münze zu füllen. Einer von ihnen, der sich für den beschwerlichen Job freiwillig meldete, war Christian Arnhold. Er nahm die Strapazen dieser nicht ganz ungefährlichen Spendentour in Kauf. Er lief zuerst in die Niederlausitz, von dort ins Anhaltinische, dann nach Franken bis Nürnberg und Ansbach hinunter. Danach kam Arnhold über das Erzgebirge wieder in die Heimat zurück. Volle 143 Tage, von Februar bis Juni, brauchte der fleißige Spendensammler für seine Reise. Sie brachte der Stadt mehr als 283 Taler und ihm eine prägende Lebenserfahrung ein.

Die Spendengelder flossen zum Teil in städtische Bauten, wie das Rathaus, zum anderen Teil erhielten es betroffene Bürger. Letztere kamen außerdem in den Genuss von materiellen Leistungen und steuerlichen Vorteilen. So erhielt beispielsweise jeder, dem ein oder mehrere Häuser abgebrannt waren, kostenlos Holz aus dem stadteigenen Kottmarwald. Von landesherrlicher Seite kam die Gnade hinzu, dass abgebrannte Hauseigner für das nächste Jahr Befreiung von der „Konsumtions-Akzise" (heute sagen wir Mehrwertsteuer) sowie Bierhöfe von der Biersteuer fanden.

Jetzt wird mit Steinen gebaut

Allerdings waren es nicht nur Vergünstigungen, die vom kurfürstlichen Hof in Dresden kamen. Auch harte Forderungen waren dabei, wie die, dass alle Häuser zukünftig nur noch aus Stein gebaut werden durften. Diese Anweisung bereitete dem Rat Kopfschmerzen. Woher sollten die Bauherren auf die Schnelle so viele Ziegel hernehmen, wollte man sie nicht teuer einkaufen? Schließlich mussten auch öffentliche Gebäude, allen voran das Rathaus, aus Stein neu erbaut werden! Die Lösung konnte nur sein: Wir müssen uns die Ziegel selber herstellen. Zu diesem Zweck beschlossen die Herren Stadträte, in Tiefendorf an der Lehmgrube eine Ziegelscheune zu errichten. Damit waren auch die besten Voraussetzungen geschaffen, so schnell wie möglich mit dem Rathausbau anfangen zu können. Ohne Residenz von Bürgermeister und Rat war eine Stadt keine richtige Stadt. Das Rathaus war Symbol städtischer Ehre und Amtshoheit.

Anfang 1711 sprach die Stadt Löbau beim Zittauer Baumeister Heinrich Prescher sowie dem Zittauer Maurermeister George Rößler vor. Beide waren bereit, den Auftrag, das Löbauer Rathaus von Grund auf neu zu errichten, anzunehmen. Rößler versicherte, mit seinen Gesellen unter Leitung Preschers fleißig, von morgens 5 Uhr bis zum Abend um 6 Uhr, am Bau zu schaffen und alles nach besten Kräften ordentlich auszuführen. Und Rößler hielt sein Versprechen! Noch im selben Jahr konnte das Haus unters Dach gebracht und das Ratszimmer, die Akzis- und Weinstube zum Allgemeinwohl wieder in Gebrauch genommen werden. Noch heute können wir Preschers und Rößlers Werk in seiner ganzen Schönheit bewundern. Das Löbauer Rathaus gehört mit seinen prächtigen zwei Wappen, den Uhren sowie der Mondphasenkugel, zu den schönsten Rathäusern Sachsens. Touristen ist es ein stets willkommenes Fotomotiv.

Viele Brandstellen waren übrigens bis weit ins 19. Jahrhundert hinein noch unbebaut. Wer sich einmal auf dem Löbauer Marktplatz genau umschaut, wird an den unterschiedlichen Baustilen, beispielsweise am Goldenen Schiff sowie dem Haus Schlockwerder, noch heute die Folgen des Stadtbrandes vom 22. Oktober 1710 erkennen.

Wie in Löbau das
Elektrozeitalter begann

„Schalte doch mal das Licht an, ich kann ja kaum noch was sehen!"
„Klar mach ich."
Klack, und schon ist das Problem gelöst!
So leicht ist das und keiner verliert darüber einen Gedanken. Einfach auf den Knopf drücken und Fernseher, Computer, Radio & Co. vertreiben uns die Langeweile. Mutti zaubert am Wochenende mit Staubsauger und Dampfreiniger neuen Glanz in die Wohnung. Susi und Maik machen sich auf in die nächste Disco, um in der Nacht bei geilem Sound, coolen Drinks und Lichtshows abzufeiern.
All das gehört heute zu unserem Leben. Es sind selbstverständliche Annehmlichkeiten, hinter denen eine einzigartige Kraft steht – Elektroenergie.

Kaum vorzustellen, dass noch vor über 100 Jahren auch in Löbau die Menschen auf die Anwendung dieses naturgegebenen Potenzials verzichten mussten. Sie zündeten, wenn es dämmerte, brav ihre Kerze oder die Öllampe an, lasen beim dahin funzelnden Licht ihre Zeitung. Mutter strickte und die jungen Leute – früher hießen sie vielleicht Johann und Frieda – machten sich am Sonntag auf ins gasbeleuchtete Schützenhaus, um ausgelassen beim Blaskapellenbums, bei Fassbrause und Bier ihre Runden zu drehen. Und wenn sie sich mal in die Büsche verdrücken wollten, wies ihnen womöglich ein kleines Glühwürmchen den heimlichen Weg.

So war sie, die gute alte Zeit! Unsere Urgroßmütter und -väter hatten ihren Frieden, kannten sich aus und die Welt war in bester Ordnung, wie sie eben war. Bis … ja bis eines Tages, im Jahre des Herrn 1898, in Löbau ein Gerücht umging. Der Elektroingenieur Max Förster und sein jüngerer Bruder Cäsar von der hiesigen Pianofabrik wollten demnächst elektrische Energie an Privatkunden in der Stadt abgeben und mit modernster Technik das verträumte Kleinstadtidyll wach leuchten.

Nun ja, ganz so vom Mond, muss man der Fairness halber hinzufügen, waren die Leute zum damaligen Zeitpunkt auch nicht mehr. Was elektrischer Strom war und was menschlicher Erfindergeist bisher daraus gemacht hatte, wusste sie bereits. Schließlich hatten schon einige Betriebe, darunter die Textilfärberei Römer, seit den 1880er Jahren Maschinen mit dieser neuen Antriebskraft laufen. Auch die mit Generatoren erzeugte künstliche Beleuchtung machte die Arbeit in diesen Firmen unabhängiger vom Tageslicht. Diese Art der Stromversorgung war allerdings lokal begrenzt, denn die Fernübertragung elektrischer Energie steckte in jenen Jahren noch in den Kinderschuhen. Erst 1882 gelang ein Gleichstromtransfer über 57 Kilometer von Miesbach nach München. Ganze neun Jahre sollten danach noch vergehen, bis endlich, am 25. August 1891, Drehstrom mit hoher Spannung von Lauffen am Neckar über eine 176 Kilometer lange Freileitung nach Frankfurt am Main abgegeben werden konnte.

Ein lohnender Zugewinn

So groß waren freilich die Wege in Löbau nicht und der technisch höchst begeisterte Max Förster dachte sich:
„Unsere Firma arbeitet bereits seit 1883 als einer der ersten Betriebe in der Lausitz mit Elektrokraft. Wir wären doch auch in der Lage, elektrische Energie an einige Löbauer Haushalte abzugeben."
Sein Bruder, Cäsar Förster,hatte die Pianofabrik mittlerweile von seinem verstorbenen Vater August übernommen. Bei ihm fielen die angestellten Überlegungen auf fruchtbaren Boden. Er versprach sich vom Stromverkauf und der damit verbundenen Erweiterung seiner Energieerzeugungsanlage einen lohnenden Zugewinn. Beide setzten

Löbau, Jahnstraße – Firmengebäude August Förster (Luftansicht um 1860)

sich an einen Tisch, rechneten, skizzierten und planten. Nach reiflichem Überlegen teilten sie dem Stadtrat mit, dass *(Zitat)*:

„... die ganz ergebenst Unterzeichneten beabsichtigen, die in der August Förster'schen Pianoforte-Fabrik erzeugte elektrische Energie an Interessenten der Stadt Löbau zu Beleuchtungs-, Kraft- und Heiz-Zwecken abzugeben."

Sie baten *(Zitat weiter)*:

„... den hochwohllöblichen Stadtrat der Stadt Löbau, ihnen die Erlaubnis zur Anlage eines derartigen Leitungs-Netzes vorläufig für den Zeitraum von 15 – 20 Jahren gütigst erteilen zu wollen."

Potenzielle Abnehmer, wie der Wettiner Hof, Kaufmann Warmbold, die Löbauer Bank, der Alberthof und Kaufmann Max Müller konnten, um dem Antrag Nachdruck zu verleihen, schon im Voraus benannt werden. Die Stadträte prüften, diskutierten und hatten letztendlich keine Einwände. Sie gaben dem Projekt grünes Licht und ein Probebetrieb gelang bereits Anfang Dezember 1898. Auch die Kaiserliche Oberpostdirektion war einverstanden. Am 14. Dezember 1898 erklärte sie sich *(Zitat)*:

„... nach dem Ergebniß des am fünften stattgehabten Probebetriebes der elektrischen Beleuchtungsanlage des Herrn Max Förster dortselbst

... mit der dauernden Inbetriebnahme ... ergebenst einverstanden".
Der Startschuss für die Reise ins „Löbauer Elektrozeitalter" war
gefallen!

Ein bescheidener Anfang

Zunächst wurde allerdings nur ein bescheidenes Leitungsnetz in
unmittelbarer Umgebung der Pianofabrik auf einfache Holzmaste
montiert. Die Förster betrieben es mit Gleichstrom, einer
Betriebsspannung von 220 Volt und einer Stromstärke von circa 300
Ampere. Wie es bei Neuerungen nun mal so ist, waren am Anfang
natürlich auch Widerstände und Vorurteile auszuräumen.

„Wozu brauchen wir das nun schon wieder",meckerten einige
Kleingeister.

„Hell wird es mit Petroleumlampe und Kerze schließlich genauso!
Und außerdem: Wozu haben wir denn ein Gaswerk?"
Obendrein sollte dieses Elektrozeug auch noch saugefährlich sein!

„Sogar Pferde kann solch ein Elektroschlag umhauen! Fährt der Blitz
erst mal bei Förster in die Anlage, kommen über die Stromleitungen
Sodom und Gomorrha über Löbau", hörte man hier und da an
rauchschwadenen Stammtischen orakeln.

Was die Gefahr betraf, die von diesen primitiven Anlagen noch
ausging, hatten manche nicht ganz unrecht. Trotzdem konnten
Unverstand und dummes Gerede die Begeisterung der überwiegenden
Mehrheit nicht bremsen. Sie erkannten schnell, welche unschätzbaren
Vorteile der elektrische Strom für sie brachte. Sowohl Gewerbe- als
auch Privatleute standen dem Vorhaben aufgeschlossen gegenüber.

Es droht Ungemach

Ernsthaftes Ungemach drohte Cäsar und Max Förster allerdings
von ihrem Nachbarn, dem Kaufmann Emil Bruno Herrmann. Sein
Haus befand sich an der Königstraße (heute Jahnstraße), unmittelbar
zwischen ihrer Fabrik und der Funkenburg. Hermanns Pferdestall mit

der Kutscherwohnung lag sogar direkt an der Mauer, in der eine 100 PS starke Dampfmaschine zum Antrieb der Dynamos verankert war.

„Mir reicht´s", wetterte Herrmann im März 1899.

Er lief zum Rechtsanwalt Börner und schilderte sein Martyrium wie folgt *(Zitat)*:

„Das übermäßig laute Geräusch, welches die im Gange befindlichen Maschinen, Schwungräder usw. verursachen, bringt die Bewohner meines Grundstückes und mich zur Verzweiflung. Es ist ein ununterbrochenes Sausen, Summen, Klopfen, Schlagen, Zischen. Das ganze Nebengebäude zittert, wodurch an den Gebäuden unbedingt Schaden angerichtet wird. Nicht nur Fußboden und Wände zittern, auch frei hängende Gegenstände schlagen zusammen, Türen und Fenster klirren, sogar das Ende der Dachrinne gibt die Erschütterungen wieder."

Herrmann kam mit seinem Rechtsanwalt zu dem Schluss, dass der Betrieb einer solchen Anlage in Wohngebieten generell unzulässig sei, folglich müsse sie weg!

Die Klage wäre unvermeidlich das vorläufige Aus für Löbaus Stromträume gewesen, hätte man sich damals nicht mit Hilfe von Gutachtern und nach langem juristischen Hin und Her auf das Abstellen der gröbsten Mängel geeinigt. Zur großen Erleichterung der Försterbrüder zog Herrmann später weg. Sie erwarben seinen Grund und Boden, rissen das alte Haus ab und errichteten darauf weitere Betriebsgebäude. Dem Siegeszug der Elektroenergie stand in Löbau nun nichts mehr im Wege.

Mehr und mehr Häuser klemmten sich zwischen 1900 und 1910 an die förstersche Energiequelle an. Die alten Holzmasten wurden durch Eiserne ersetzt und sogar unterirdische Leitungen verlegt. Vier Jahre vor Ausbruch des 1. Weltkrieges war das Leben vieler Einwohner ohne elektrischen Strom kaum noch vorstellbar. Bei etlichen Handwerkern und Gewerbetreibenden ging ohne Elektrokraft mittlerweile nichts mehr. Die anfängliche Skepsis war verschwunden und der „Stromhunger" der Löbauer nahm stetig zu.

Löbau nimmt die Elektroversorgung selbst in die Hand

Im Laufe der Zeit kamen weitere Abnehmer hinzu. Sie brachten im Jahre 1910 die nunmehr fast 12 Jahre alte Gleichstromanlage an ihre Kapazitätsgrenze. Sie war kaum noch ausbaufähig und die Pianofabrik verkaufte sie an die Stadt. Löbau nahm seine Elektroversorgung jetzt selber in die Hand und gründete zu diesem Zweck das Städtische Elektrizitäts- und Gaswerk Löbau (Sa). Sie schloss am 21. Juli 1910 einen Vertrag „auf Lieferung von elektrischer Kraft" mit dem Oberlausitzer Braunkohlewerk Olba in Kleinsaubernitz. Die Stadt zog auf eigene Kosten eine 20.000 Voltleitung vom Braunkohlewerk nach Löbau und baute an der alten Kittlitzer Straße ein Haupttransformatorenhaus. Im gleichen Zuge wurden alle Verbraucher auf Wechselstrom umgestellt und das Netz erweitert. Nach und nach gingen abends auch in den umliegenden Ortschaften Ebersdorf, Groß- und Kleinschweidnitz, Georgewitz, Bellwitz, Altlöbau und Oelsa die elektrischen Lichter an.

Löbauer Umspannwerk im Jahr 1911

Den Zuschlag für die Errichtung des gesamten Leitungsnetzes erhielten damals die Siemens-Schuckert-Werke. Beim Aufbau der

Fernleitung schlossen sie gleich die am Weg gelegenen Gemeinden mit an das Stromnetz an. So profitierten zum Beispiel auch die Ortschaften Weigersdorf, Ober- und Niedergebelzig, Krischa (heute Buchholz), Maltitz und Krappe von der Umstrukturierung der Löbauer Elektroenergieversorgung.

Allerdings dauerte die Löbauer „Elektroehe" mit dem Braunkohlewerk Olba nur kurz. Schon 1919 war energietechnisch dort das Ende der Fahnenstange erreicht. Höhere Leistungen abzugeben, war der Betrieb nicht mehr in der Lage. Also hieß es für die Stadtverantwortlichen erneut, nach einem geeigneten Stromlieferer Ausschau zu halten. Dafür kam mittlerweile nur noch der sächsische Staat infrage, mit dem Löbau im Juni 1920 einen Vertrag abschloss. Auf Staatskosten wurde eine 40-kV-Leitung vom Kraftwerk Hirschfelde gezogen und die Stadt verpflichtete sich im Gegenzug, zukünftig Elektrizität ausschließlich vom Staat zu beziehen. Das hieß selbstverständlich auch, dass sämtliche Gewerbebetriebe auf die Eigenerzeugung elektrischen Stromes verzichten und zum staatlichen Bezug übergehen mussten.

Doch selbst mit dem Staatsstrom lief die Energieversorgung in den 1920er Jahren nicht problemlos ab. Immer wieder kam es zu ärgerlichen Stromausfällen, sodass Anfang der 1930er Jahre zusätzlich eine Reserveleitung von Neusalza nach Löbau verlegt werden musste. Nach dem II. Weltkrieg erfolgte Schritt für Schritt der weitere Ausbau und die Modernisierung des Leitungsnetzes. Heute können wir von einer guten Stabilität bei der Versorgung mit elektrischem Strom sprechen. Es wäre auch schlimm, im vernetzten Computerzeitalter plötzlich auf eines unserer wichtigsten Errungenschaften verzichten zu müssen. Unvorstellbar und im Grunde unmöglich, wieder wie unsere Urgroßeltern zu leben. Faszinierend, was sich in reichlich einem Jahrhundert menschlichen Daseins alles verändern kann! Wir sind gespannt auf die nächsten 100 Jahre …

Bleihaltige Luft

∞∞∞∞∞

Soldaten kommen in die Stadt

Für die Löbauer hatte sich in diesem Jahr wieder einmal alles verändert. Mussten sie doch abermals enger zusammenrücken – nunmehr vielleicht sogar auf die Dauer eines jahrelang anhaltenden Zeitraumes. Erst im letzten Sommer hatten die hiesigen Bürger unter den Einquartierungen der Preußen im Deutschen Kriege von 1866 zu leiden. Doch die ungeliebten Nachbarn aus dem Norden waren nur kurz da. Sie zog es weiter auf die böhmischen Kriegsschauplätze, sich mit Österreichern und Sachsen zu schlagen. Wenige Wochen später kamen sie siegreich wieder und der Löbauer Bürgermeister Hartmann sah sich im Namen der Bürgerschaft veranlasst, untertänigst dem hier

Bahnhofstraße 6

durchkommenden Preußenkönig Wilhelm I. zu huldigen. Er gratulierte ihm zum Sieg und bedankte sich artig für die „Schonung" der Stadt. Seitdem waren die Sachsen auch nicht mehr Gegner Preußens. Mehr noch: Sie bauten mit ihnen sogar gemeinsame Streitkräfte im Norddeutschen Bund auf, die schon ein paar Jahre später schlagkräftig gen Frankreich marschieren sollten, um dort die Voraussetzung für ein einiges Deutsches Vaterland auszufechten.

Und nun, seit dem 1. April 1867, waren Stuben und Kammern wieder mit Soldaten belegt, diesmal mit sächsischen, die hier dauerhaft Garnison erhielten. Dieser Umstand musste schon jedem Fremden ins Auge fallen, der, von der Bahnhofstraße kommend, die Stadt betrat, weil vor dem Haus Nr. 6 ständig ein Militärposten stand. Hier wohnte der Kommandeur des Bataillons, Major von Einsiedel. Ein strenger, aber gerechter Offizier, königstreu bis ins Mark, der seine sächsische Heimat über alles liebte. Bei seinen Soldaten war er hoch geachtet, besonders bei denen, die im letzten Jahr unter seinem Kompaniekommando in Gitschin und Königgrätz den feindlichen Kugelhagel überlebten. Immer aufs Neue begeisternd, wie er durch seine kurzen, markigen Worte, das auf dem Marktplatz angetretene Bataillon mitzureißen verstand.

Ein Schießstand wird dringend gesucht

Überdies bekamen nicht nur die Soldaten des Bataillons seine Durchsetzungskraft und seinen starken Charakter zu spüren. Nein, auch die Löbauer Ratsmannschaft, allen voran der Bürgermeister, mussten sich öfter seiner Entschlossenheit beugen, mussten seinem Willen zugunsten von Militärbedürfnissen folgen. Was im Rahmen der Landesinteressen letztendlich auch zu den Pflichten treuer königlicher Untertanen gehörte. So war es zum Beispiel eine Selbstverständlichkeit, dass die Kommunen dem Militär geeignete Schießübungsplätze zur Verfügung stellten. Überall im Sachsenlande klappte das in der Regel, nur die Löbauer stellten sich in diesem Punkt anfangs etwas bockig an. Zwar hatten sie das städtische Pulverhaus pünktlich zum 1.

Pulverhaus

April der Garnison übergeben, im Weiteren klemmte aber die Säge. Der Kommandeur wurde ungeduldig. Besser ausgedrückt, er schäumte vor Wut, weil er mit seinen Soldaten endlich auch in Löbau das machen wollte, was das Militär nun mal so gerne macht – nämlich schießen. Inzwischen war der Mai bereits fast zur Hälfte um und noch kein einziger Knall hatte die Löbauer aus ihrer mit frommer Hingabe ausgeübten Beschäftigung gerissen.

In den Geschäftsräumen des Bataillons brannte deshalb am 11. Mai 1867 die Luft. Major von Einsiedel hatte eben einen Brief des Bürgermeisters misslaunig auf den Tisch geworfen und schaute seinen Adjutanten, Oberleutnant Weber, entrüstet an.

„Was denken sich die Pinsel von der Stadt eigentlich! Wissen die nicht, was sie ihrem Militär schuldig sind?"
Weber stand ziemlich verdattert da.

„Hier lesen sie", befahl er und hielt ihm das Schreiben wedelnd vors Gesicht.

„Die Bürgerschießwiese sollen wir gnädigerweise mitbenutzen dürfen", wetterte er indessen unbeirrt weiter.

„Das wäre ja noch schöner, neben dem Zivilvolk schießen, während die sich vielleicht aus dem Schützenhaus heraus über uns lustig machen oder auf der Wiese gar Volksfeste feiern! Nee, nee, mein lieber Weber, daraus wird nichts – nicht mit mir!"
Der Adjutant begriff. Er kannte seinen Chef und ein leichtes Grinsen huschte um seine Lippen.

„Den Platz am Stadtberge, den ich mir ausgesucht hatte ... hier, lesen sie mal",
Einsiedel pochte mit dem Finger auf die betreffenden Zeilen,
„... den wollen sie mir nicht geben, weil dadurch die Nutzung des Forstes angeblich erschwert werde ... eine bodenlose Frechheit so was!"
Der Major hielt inne, überlegte kurz und riss Weber das Schriftstück wieder aus der Hand.
„Geben sie den Wisch her! Dem Hartmann nebst seinem lahmen Rat werden wir mal ordentlich Beine machen und ihn an seine verdammte Pflicht erinnern!"
„Fischer", rief er lauthals, worauf augenblicklich ein einjährig-freiwilliger Gefreiter, der dem Bataillon als Schreiber zugeteilt war, im Türrahmen stand.
„Herr Major wünschen?"
„Schnapp deine Feder und schreib ...!"
Am nächsten Tag lag ein Brief auf des Bürgermeisters Sekretär, der schon nach flüchtigem Überlesen seine Wirkung nicht verfehlte ...

Kleinartenanlage „Am Humboldtweg"

Garnison und Stadt wurden sich jetzt schnell einig, da der Löbauer Rat vor dem König nicht als Querulant hingestellt sein wollte. Für das Bataillon richtete man zum einen auf der Schießwiese zwei extra Bahnen ein und für die Bürgerschützen wurden gesonderte Schießzeiten vereinbart. Zum anderen erhielt das Militär östlich des Eisenbahnviaduktes, unmittelbar südlich der Bahnstrecke Dresden – Görlitz, einen Schießstand. Der allerdings musste völlig neu angelegt werden und konnte deshalb erst im März 1868 eingeweiht werden.

Und just von diesem zischte Anfang des Sommers 1868, mitten in der schönsten Friedenszeit, eine tödliche Gefahr über Löbau hinweg.

Vom Kirschbaum geschossen

Diese bekam auch der noch blutjunge Zimmerergeselle Karl Gustav Fleck, er wurde von allen nur Fleck'l genannt, mit unangenehmen Folgen zu spüren. An einem Donnerstag (man schrieb den 26. Juni 1868) war er gerade von seinem Tagwerk kommend um 6 Uhr abends im elterlichen Hause eingetroffen, als der Vater ihm von oben über die Treppe zurief:

„Nimm dir gleich noch mal den Korb und geh in die ackermannsche Plantage Kirschen pflücken, ich selber schaff´s heute nicht mehr und Mutter braucht sie für'n Sonntag."

Noch nicht mal richtig daheim, passte ihm das nicht so recht in den Kram.

„Immer dasselbe, häng du nur an deinem Feierabendbier", grollte er bei sich.

Aber des lieben Friedens Willen und damit er ja schnell zu seiner lieben Gustel laufen konnte, machte er sich ohne Murren auf den Weg; über den Markt, die Bahnhofstraße entlang, bis zum gegenüber dem Bahnhof gelegenen, Kirschbaumgarten. Er lief schnurstracks zur Kirschbude hinunter, darin die dicke Roßberg träge neben ihrer Waage gluckte. Sie war die Pächterin der Plantage und begrüßte ihn schon von Weitem mokant feixend:

„Na Fleck'l, dein Alter will's wohl heute nicht selber schaffen? Hat's wohl wieder mit dem Durst?"

Verstimmt über die dumme Bemerkung und nicht ahnend, dass er sich

Abgang zur Kirschplantage (2012)

längst in einer gefährlichen Todeszone befand, stolperte er, ausgerüstet mit einer langen Leiter, zu dem ihm von der Roßberg zugewiesenen Baum.

„Ja, ja – lach du nur, möchte dich mal sehen, wie du hier oben in den Ästen hängst – fette Qualle!"

Diese Vorstellung brachte ihn nun doch ein wenig zum Lachen. Er stieg schon etwas besser gelaunt die Leiter empor und begann seinen Korb zu füllen. Nach dem Motto: Eins ins Töpfchen, eins ins Kröpfchen, natürlich auch seinen Magen. Der konnte nachher ja nicht mit gewogen werden und so kam er gratis zu einer individuellen Portion Kirschen. Dabei musste er freilich immer die Roßberg im Auge behalten, denn so was sah sie überhaupt nicht gern. Die aber war zurzeit keine Gefahr, denn sie schäkerte gerade mit einem rotblonden Soldaten, der anscheinend nicht nur wegen der kleinen Roten, sondern der dralleren Früchte wegen hier zu Gast war.

Plötzlich, er hatte gerade einen besonders trächtigen Ast an sich herangezogen, hörte er von der anderen Seite des Löbautales ein mehrfaches Krachen.

„Sapperlot, was war das?"
Den Bruchteil einer Sekunde darauf pfiff ihm ein kleines Ding direkt am rechten Ohr vorbei und ein kurzer aber heftiger Druck knickte einige Äste ab. Gleichsam wie vom Donner gerührt, verlor Fleck'l für den Moment die Körperbeherrschung und segelte unsanft, den fetten Kirschbaumast mitreißend, gen Boden. Kreidebleich, die linke A… backe schmerzte fürchterlich, lag er für Minuten im Gras, ohne richtig zu begreifen, was ihm gerade widerfahren war.

Nach einer Weile raffte er sich auf und humpelte zur Kirschbude rüber, um sein Malheur zu schildern. Dort traf er noch den Bäcker Jacob und seinen alten Schulkameraden Alfred Dehne. Beide guckten interessiert dem Soldaten zu, der irgendwas im Gras zu suchen schien. Schlotternd stand die Roßberg daneben, denn auch um ihre Holzhütte herum hatte es soeben seltsam zischende Einschläge gegeben. Im Gegensatz zum immer noch bedeppert dreinblickenden Fleck'l ahnte sie jedoch, was ihr Soldatencasanova wohl gleich aus dem Gras ziehen würde. Und tatsächlich, nach ungefähr zwei drei Minuten hielt er vielsagend eine Bleikugel in die Höhe.

„Die kommt vom Schießstand drüben, da …"
Wieder knallte es gewaltig!
Blitzartig schmiss sich der Soldat flach auf die Erde, denn er stand ja bestens im Drill und wusste, was in solchen Situationen zu tun war. Nachdem er sich wieder aufgerappelt hatte, vernahmen die zu Tode Erschrockenen den zweiten Teil der Hiobsbotschaft:

„Da schießen heute welche von der 11. Kompanie. Wir machen nämlich 'ne neue Schießübung mit höher gestellten Scheiben. Dabei ballern die Rindviecher einfach über den Kugelfang drüber weg."
Schlagartig nahmen alle ihre Beine in die Hand und rannten, so schnell es der liebe Gott einem jeden zuließ, panisch in Richtung Stadt davon. Bis auf die Roßberg. Sie blieb laut quiekend im Schutz ihrer Hütte zurück.

Zu Hause erwartete man Fleck'l schon ungeduldig. Gustel war, weil sie es ohne ihren Verlobten daheim nicht aushalten wollte, schon zu ihren Schwiegereltern in spe gelaufen. Wie er, zum Glück heil angekommen, dann im Türrahmen stand, merkten alle an seinem konfusen Verhalten, dass mit ihm irgendetwas nicht stimmen konnte.

„Was, um Gotteswillen, ist denn mit dir passiert?"
Besorgt sah Mutter – er war ja doch ihr kleiner Großer geblieben – ihn an.

„Und wo hast du die Kirschen gelassen?"
Augenblicklich brach es aus ihm heraus. Er berichtete seiner Familie, was er selbst noch kaum fassen konnte; nämlich wie er grade eben nur um Haaresbreite mit dem Leben davongekommen war, bloß, weil die Soldaten der hiesigen Garnison im wahrsten Sinne des Wortes über das Ziel hinausschossen.

Während sich die beiden Weiber schluchzend in den Armen lagen, klopfte Vater seinem Sohnemann respektvoll auf die Schulter:

„Na, da hast'de deine Feuertaufe ja bestanden!"
Er konnte das als gedienter sächsischer Soldat genau einschätzen, zumal er, dem Leergut nach, bereits die vierte Flasche des leckeren und stimulierenden Löbauer Brau-Commun Lagerbieres intus hatte.

„Trotzdem …", er ließ einen geräuschlosen aber bedeutungsvollen Rülpser abgehen, „trotzdem gehst'de morgen aufs Rathaus und meldest den Vorfall, denn so geht's ja nun auch nicht"!

Wie ein Blitz aus heiterem Himmel

Wie sich im Weiteren herausstellte, blieb Fleck'l nicht der Einzige, dem die seltsamen Schießübungen der hiesigen Garnison fast das Leben gekostet hätten. Frühmorgens am Sonnabend brachte der Polizeiaufseher Schrader eine platt gedrückte Bleikugel zur Ratsstelle. Mit der Bemerkung, dass dieselbe am Freitagabend in das, in der Nähe des Bahnhofes gelegene, Pfennig'sche Haus eingeschlagen sei. Näheres könne wohl der Hausbesitzer, Herr Friedrich August Pfennig, bzw. sein Schwiegersohn, der Herr Ökonom Hugo Mayh, dazu sagen. Eiligst, denn dem Bürgermeister kam die Sache ungeheuerlich vor, lud man noch am selben Tage den alten Pfennig vor. Der hatte allerdings schon ein für die damalige Zeit bemerkenswert hohes Alter von über 80 Jahren erreicht. Als die Stadtpolizeiverwaltung ihn vernahm, konnten die Herren aus seinen Worten nicht so recht schlau werden. Er litt sichtlich an den Folgen eines unverarbeiteten traumatischen Erlebnisses und faselte zusammenhanglos wirres Zeug:
„Ein Schuss … viele Feinde … die Preußen sind wieder da" und
„Zur Attacke, zur Attacke!"
Brauchbares war von ihm jedenfalls nicht zu erfahren und so ließ man gleich noch dessen Schwiegersohn antanzen. Der meinte auch, dass aus dem Alten momentan nicht viel herauszukriegen wäre. Er, der schon als junger sächsischer Soldat 1812/13 beim Russland-Feldzug Napoleons dabei gewesen sei, hätte Löbau der Liebe wegen zu seiner neuen Heimat gewählt. Die furchtbaren Kriegserlebnisse konnte sein Schwiegervater scheinbar nie richtig verarbeiten. Das Ereignis am

Freitagabend habe ihm, sicher auch bedingt durch das Alter, wohl noch den letzten Rest gegeben. Er selber und seine Frau können, so Mayh weiter, den gestrigen Schock selber kaum verwinden.

Nach seiner Aussage war Folgendes geschehen: Sie drei, der Schwiegervater, seine Frau und er, waren am besagten Freitagabend in der oberen Etage des Pfennig'schen Hauses in der Küche und wollten zu Abend essen. Gerade hatten sie am Tisch Platz genommen und ihr Vaterunser gesprochen, da zersprang mit riesigem Getöse die Fensterscheibe. Glassplitter schossen im Raum umher und für den Bruchteil des Augenblicks war ein schauerlich kurzes Zischen über ihren Köpfen. Zur selben Zeit gab es in der gegenüberliegenden Wand einen stumpfen Einschlag. Der neue Regulator – eben noch beticke er die traute Idylle – fiel polternd zu Boden und brach entzwei. Auf seine Familie, sagte Mayh weiter aus, brach dieses Ereignis wie ein Blitz aus heiterem Himmel herein. Nach dem Moment des absoluten Schockes hätte sich ihm ein jämmerliches Bild geboten. Seine Frau war, weil sie instinktiv der Gefahr weichen wollte, mit dem Stuhl nach hinten gekippt, nur ihre Beine ragten kerzengerade über die Tischkante. Und Opa, total aus der Welt gerissen, saß rhythmisch zappelnd auf dem Stuhl und sagte wieder und wieder alte, ihm früher eingedrillte, Militärsprüche auf:
„Attacke-Attacke, alles zur Linie – zur Linie", oder: „Wenn kommt die feindliche Kavallerie, was macht denn da die Infanterie? Carré! Carré! Carré!"

Ob es mit seinem Schwiegervater je wieder würde, könne er nicht sagen, meinte Mayh. Er selber hätte sich, nach kurzer Besinnung, zum Fenster begeben, das in Richtung Osten zum Eisenbahnviadukt hinausging. Er wollte sehen, was passiert ist, hätte aber nichts Verdächtiges entdecken können. Erst nachdem vom Schießstand drüben wieder Schüsse zu hören waren, schwante ihm, was hier umherflog. Er begriff, in welcher Gefahr sie eben schwebten. Ihm wurde auch klar, warum Opa instinktiv die Lage erkannte und einen Militärklaps bekam. Die Schatten der Kriegserlebnisse seiner Jugend hatten sich tief bei ihm eingebrannt. Sofort, so Mayh, hätte er daraufhin die Wand abgesucht. Er fand dort, wie erwartet und zum Entsetzen seiner Frau, die sich mittlerweile aufgerappelt hatte und kreideweiß neben ihm stand, eine platt gedrückte Gewehrkugel, welche er im Anschluss unverzüglich dem Polizeiaufseher Schrader gegeben habe.

Weiter wurde bekannt, dass die Frau des Eisenbahnarbeiters Mann, die unten im Haus wohnte, bereits am Nachmittag ein ihr seltsam vorkommendes Klaggern auf dem Dach bemerkte. Besorgt befragte sie einige Soldaten, die gerade am Gartenzaun vorbei zum Schießstand wollten, was das denn sein könne. Von einem Sergeanten bekam sie prompt zur Antwort:
„Das sind Gewehreinschläge, die kommen drüben vom Schießstand!"
Auf weiteres fragen, so sagte sie im Rathaus aus, ob er das nicht seinen Chefs melden müsste, hätte sie nur knapp zur Antwort bekommen:
„Das ist eure Sache!"

Ganz klein mit Hut

„Jetzt ist's aber genug!"
Bürgermeister Hartmann war entsetzt, als er diese Meldungen auf den Tisch bekam. Dabei war das noch nicht mal alles. Er erfuhr zum Beispiel, dass auch die Leute in der Wetzschkemühle schon seit Tagen mehrfach Kugelzischen über ihrem Anwesen wahrgenommen hatten. Und da die Mühle direkt am Schießstand in der Schussbahn zur ackermannschen Kirschplantage lag, war das für ihn ein untrüglicher Beweis, dass der Beschuss Löbaus nicht erst am Donnerstag begann, als Karl Gustav Fleck vom Baum fiel, sondern schon länger anhielt. Andere Aussagen von Bürgern, wie beispielsweise vom Güterbahnarbeiter Karl August Stöckhardt, vom Kaufmann Friedrich Oscar Seitz, sowie dem Turnlehrer Alwin Berndt nebst dem Arbeiter Carl Gottlieb Ringler, welche Einschläge auf dem Turnplatz vermeldeten, bestätigten das.
„Wenn das so weitergeht, werden die uns wohl bald einen Toten vor die Rathaustür legen!"

Wetzschkemühle um 1900

Karl Hartmann überlegte nicht lange und packte entschlossen die Schriftstücke zusammen.

„Otto, du kommst am Besten gleich mit", bat der den an diesem Sonnabendvormittag zufällig neben ihm stehenden Stadtrat Blume.

„Wir gehen sofort rüber zum Garnisonskommando. Jetzt wird der Spieß umgedreht! Heute stellen wir in Sachen Schießplatz die Forderungen …!"

Beim Betreten des Bataillonsvorzimmers fiel beiden sogleich das ungewöhnlich geschäftige Treiben ins Auge. Oberleutnant Weber stand unruhig neben dem Schreibpult und diktierte dem Gefreiten Fischer hastig etwas in die Feder. Wie Weber die Vertreter der Stadt erblickte, erschrak er ein wenig, begrüßte sie aber nach kurzer Fassung freundlich, während Fischer, wie es Hartmann deuchte, mit schadenfroher Mine kurz aufblickte. Hartmann und Blume waren angesichts dieses Eindrucks nun ganz und gar nicht mehr überrascht, als der Adjutant ihnen die Tür zum Geschäftszimmer des Bataillonskommandeurs ausnehmend höflich öffnete und sie mit den Worten:

„Der Herr Major hat bereits mit ihnen gerechnet", einzutreten bat.

Ebenso zuvorkommend, wie Weber sie hereingebeten hatte, empfing sie der Bataillonskommandeur.

„Möchten die Herren eine Zigarre rauchen?"
Er schob mit jovialer Geste die Kiste über den Tisch. Hartmann und Blume bedienten sich dankend und nachdem sie, in dicke Rauchschwaden gehüllt, erwartungsvoll dasaßen, kam von Einsiedel zur diffizilen Sache selbst. Er sprach davon, wie sehr er den Vorfall bedauere, dass eine neue Übung auf dem Platz geschossen würde und sie dazu leider ungenügend die Bedingungen des Platzes geprüft hätten und dass er vorhin sofort den Schießbetrieb habe einstellen lassen. Bürgermeister und Stadtrat merkten an seinem ganzen Verhalten: Der Major steckt ziemlich in der Klemme. Er ist jetzt ganz klein mit Hut, denn würde diese heikle Sache Wellen schlagen, könnte ihm das sein Kommando und Reputation kosten. Ganz zu schweigen, wenn es gar Tote oder Verletzte gegeben hätte, was Gott in seiner unendlichen Liebe zu den Löbauern glücklicherweise zu verhindern gewusst hatte.

„Und so können wir uns ja, zum gegenseitigen Vorteil und auf weitere gute Zusammenarbeit, irgendwie gütlich einigen", schlug von Einsiedel abschließend vor. Hartmann und Blume sahen sich kurz an, nickten und waren einverstanden. Schließlich hatte die Stadt ein starkes Interesse daran, mit dem Militär gut auszukommen. Außerdem hoffte der Rat, dass die Garnison auf Dauer bleiben würde, denn auch das hatten die Löbauer erkannt: Soldaten bereicherten das Leben, brachten der Stadt Kaufkraft, Ehre und Ansehen. Die drei einigten sich also im Guten. Die Garnison entschuldigte sich, ersetzte aus der Bataillonskasse die entstandenen Schäden und zahlte den Betroffenen ein angemessenes Schmerzensgeld. Im Gegenzug verzichtete die Stadt auf weitere Beschwerden. Der Friede ward mit Handschlag wiederhergestellt.

Epilog

Die Garnison (das dritte Bataillon des 3. Infanterieregimentes „Kronprinz" Nr. 102) blieb zur großen Enttäuschung des Rates und der Bürger doch nicht in Löbau. Das Kriegsministerium verlegte sie Ende September 1869 nach Zittau, in die dort neu gebauten Mandaukaserne.

Doch nicht nur die Löbauer waren traurig über das Scheiden des Bataillons, auch die Soldaten hatten sich inzwischen an „ihre Stadt" gewöhnt. Waren sie doch hier in Bürgerhäusern, statt in einer ungemütlichen Kaserne, untergebracht. So mancher, der in der Nähe wohnte, nahm sich abends, wenn der Hauswirt ihn nicht verriet, die Freiheit, mal eben schnell nach Hause zu verschwinden. Andere wiederum vergnügten sich nach Dienstschluss in Löbauer Lokalen, freundeten sich mit hiesigen Leuten (besonders den weiblichen) an und erlebten manche schöne Stunde.

Die Stadt verabschiedete sich herzlich von den Soldaten und gab dem Bataillon zum Abschied noch acht Eimer gutes Lagerbier mit auf den Weg. Ein Soldat, er hieß Emil May, schrieb zum Lebewohl sogar ein kleines Gedicht:

Leb wohl! Du liebe Garnison,
Die Abschiedsstunde naht –
Wir bringen unsern letzten Gruß
Den Bürgern dieser Stadt.

Ihr nahmt uns Alle freundlich auf;
Wir danken Euch dafür.
Erinnert unser später Euch,
Nur darum bitten wir.

Wohl Mancher blickt heut schmerzerfüllt
Auf die Vergangenheit,
Und manche Wehmuthsthräne rinnt
Still und verstohlen heut.

Und finden diese Worte nicht
Bei Euch den rechten Klang –
Bedenkt, es ist nur ein Soldat,
Der diese Worte sang.

Die Katastrophe am Neujahrstag

○○○○○

Ausgerechnet in der besinnlichsten Zeit des Jahres bahnte sich in der Oberlausitz ein Desaster an. Just am Neujahrstag 1855 endete es in einer Katastrophe. Wie durch ein Wunder kam dabei niemand zu Schaden. Trotzdem starben zwei Menschen, doch die hatten mit dem Ereignis unmittelbar nichts zu tun.

Eine neue Bahnstrecke bringt wirtschaftlichen und touristischen Aufschwung

Heute sind es hauptsächlich die Bahnen der Verkehrsunternehmen Trilex und ODEG, die über neun Bögen den 190 Meter langen sowie 28,6 Meter hohen Viadukt von Löbau nach Görlitz und umgekehrt befahren. Die Brücke gehört zu den wichtigsten Bahnverkehrsadern Deutschlands. Mitten in der Oberlausitz überspannt sie das Tal der Löbau und ermöglicht einen reibungslosen Schienenverkehr bis nach Breslau und in westliche Richtung nach Dresden, Erfurt sowie weiter nach Frankfurt/Main bzw. Köln und Aachen. Begonnen hatten die Bauarbeiten zur Errichtung der Strecke Dresden – Görlitz im Jahre 1844. Zwei Jahre später, im Dezember 1846, stellte die eigens dafür gegründete Sächsisch-Schlesische Eisenbahngesellschaft den Anschluss zum Bahnhof Löbau fertig.

Am 29. April 1847 war es dann soweit und das Viadukt bestand seine Bewährungsprobe. Der erste Zug rollte bis nach Reichenbach/Oberlausitz und am 1. September desselben Jahres konnte die Gesellschaft den regulären Fahrbetrieb nach Görlitz aufnehmen. Für Löbau war die neue Verkehrsanbindung ein Segen. Brachte sie doch wirtschaftlichen Aufschwung sowie zusätzlich jede Menge Menschen in die Stadt. Letztendlich war auch sie einer der Gründe, weshalb sich der ortsansässige Bäckermeister Friedrich August Bretschneider entschloss, einen gusseisernen Turm auf dem Löbauer Berg zu erbauen. Vom Bahnhof zum Berg war es nicht weit und so versprach er sich beste Geschäfte, als er seinen Turm am 9. September 1854 einweihte. Doch bereits am Ende jenes Jahres bahnte sich für ihn, zumindest aus verkehrstechnischer Sicht, Ungemach an.

Es begann mit einem kleinen Riss

Es war kurz vor dem Weihnachtsfest und der Arbeiter August Semig kam zum Dreschen in die direkt am Löbauer Viadukt gelegene Wetzschkemühle. Wie der Sohn des Müllers Jahre später als Augenzeuge berichtete, schaute Semig auch an diesem Tag gewohnheitsmäßig empor und bemerkte, dass diesmal etwas anders war. Am vom Bahnhof aus gesehen zweiten Pfeiler der Brücke sah er einen kleinen Riss. Zunächst maß er seiner Beobachtung keine Bedeutung bei. Am letzten Weihnachtsfeiertag jedoch wurde es ihm mulmig. Der Spalt war gewachsen und er meldete seine Beobachtung Karl Gotthelf Heinrich, dem Besitzer der Mühle. Der wiederum meinte, diesen Umstand unverzüglich anzeigen zu müssen und lief gen Bahnhof. Der so herbeigerufene Betriebsingenieur Bahr besah das Malheur und ließ den Spalt vorerst mit einem Bogen Papier bekleben. Als dieser riss und auch ein danach eingeschlagener Keil wieder herausfiel, war für Bahr Gefahr im Verzug. Er meldete den Fall der Eisenbahngesellschaft und ließ sofort Holzstämme heranfahren, um den Pfeiler abzustützen. Ein sehr schwieriges Unterfangen, denn Dauerregen hatte den Boden durchweicht und die Löbau stellenweise über ihre Ufer treten lassen. Nichtsdestotrotz mussten jetzt ständige Wachen aufziehen, welche auch nachts die fackelbeleuchtete Stelle zu beobachten hatten.

Blick auf das Löbautal mit Viadukt im Hintergrund

Hastiges Räumen und banges Warten

Mittlerweile war der 31. Dezember herangekommen. Die Menschen in der Oberlausitz bereiteten den Jahreswechsel vor und auch die Familie Heinrich war guter Dinge. Sie hofften, der Schaden über ihren Köpfen würde am Ende doch nicht so groß sein, wie befürchtet. Ihre Hoffnung war die eine Seite, die Realität allerdings sah anders aus. Nach der Silvesterfeier hatten sich die Mühlenbewohner – das waren neben der Familie mit ihren sechs Kindern, ein Müller, zwei Knechte und ein paar Dienstmädchen – zur Ruhe begeben. Vielleicht hörten sie um 03:30 Uhr noch den letzten Schnellzug von Görlitz nach Dresden über das Viadukt rattern, dann fand ihre Nachtruhe ein jähes Ende. Heftiges Klopfen am Fenster scheuchte sie kurz nach vier Uhr aus den Betten.

„Meister Heinrich", rief eine aufgeregte Stimme, „stehen Sie auf, retten Sie, was Sie retten können, die Brücke stürzt gleich ein"!

Vor der Tür stand Bahr. Wild gestikulierend unterstrich er seine Warnung und bedeutete den Bewohnern, sofort mit einer Räumungsaktion zu beginnen. Pferde und Kühe wurden daraufhin hastig zum Stadt Breslau (dem späteren Wettiner – dann Oberlausitzer Hof) getrieben. Schweine nebst Hausrat kamen in die etwas abseits gelegenere Scheune. Danach schien der Aufenthalt im und um das Haus zu gefährlich. Was blieb, war banges Warten.

Die finale Katastrophe

Als der Morgen dämmerte, hatte sich die Aktion in der Stadt bereits wie ein Lauffeuer verbreitet. Obwohl es immer noch regnete, stand an der Wetzschkemühle alles voller Leute. Neugierig und dennoch besorgt harrten sie der kommenden Dinge. Und diese kamen schlimmer, als die meisten sie sich vorstellen konnten. Um 09:30 Uhr, pünktlich zum Kirchgang, ging dem zweiten Pfeiler die nötige Spannung verloren und er fiel, unmittelbar gefolgt vom dritten Pfeiler, donnernd in sich zusammen. Wenig später musste auch der in Mitleidenschaft gezogene vierte Pfeiler gesprengt werden, wobei der fünfte gleich mit ihm zusammenbrach. Anschließend kam die Eisenbahn nicht umhin, den sechste Pfeiler ebenfalls in die Luft zu jagen und als ob das nicht genug wäre, kippte nun auch der siebte Pfeiler ins Tal des Löbauer Wassers. Die Katastrophe war perfekt: Vom stolzen Löbauer Viadukt war so gut wie nichts mehr zu sehen, er existierte faktisch nicht mehr! Das Szenario wirkte, als hätte der Teufel seine Hand im Spiel. Die Leute vermuteten das umso mehr, denn gerade einen Tag vorher, am 31. Dezember 1854, war die Garantie für das Bauwerk abgelaufen.

Eisenbahnviadukt im Landesgartenschaugelände, Standort ehemalige Wetzschkemühle

Pendelverkehr und Wiederaufbau

Nach dem Unglück stand der gesamte schienengebundene Personen- und Güterverkehr zunächst still. Indes war dieses in der Oberlausitz gelegene Teilstück der Ostwest Verbindung nach Schlesien wirtschaftlich viel zu wichtig, als dass man es für längere Zeit hätte aufgeben können. Rasch richtete die Sächsisch-Schlesische Eisenbahnverwaltung in Wendisch-Cunnersdorf einen Notbahnhof ein und organisierte den Pendelverkehr für Reisende sowie Frachtgut per Pferdewagen. Ewig durfte dieser nicht dauern, deshalb begannen die Räum- und Wiederaufbauarbeiten mit neuen statischen Berechnungen schon kurz nach dem Unglück. Gerade mal anderthalb Jahre dauerten die Bauarbeiten. Am 28. August 1856 übergab die Bahn das Viadukt zum zweiten Mal dem öffentlichen Verkehr. Schäden an der Wetzschkemühle musste sie glücklicherweise kaum ersetzen. Letztere war nur leicht beschädigt davongekommen, weil der zweite und dritte Pfeiler nicht seitlich fielen, sondern in sich zusammensackten. Ebenso kamen in direkter Folge des Unglücks keine Menschen zu schaden, indirekt dagegen schon. Kurz nach der Tragödie nahm sich der Konstrukteur des Viaduktes, sei es aus Scham oder Furcht vor den Folgen seines Fehlers, das Leben. Außerdem kam der 46-jährige Maurergeselle Traugott Manitz aus Ebersdorf während des Baues durch einen tragischen Unglücksfall zu Tode. Er hinterließ eine hochschwangere Frau und vier Kinder. Fast 90 Jahre lang rollte der Verkehr nach dem Wiederaufbau reibungslos über das Löbauer Viadukt, bis es am 7. Mai 1945 ein zweiter Schicksalsschlag ereilte. Das jedoch ist schon wieder eine andere Geschichte …

oooooo

Das Martyrium eines „Blödsinnigen"

ooooo

Prolog

In dieser kleinen Geschichte soll das traurige Schicksal eines Kindes und heranwachsenden Jugendlichen geschildert werden, das es so oder so ähnlich in Löbau im Laufe der Jahre sicherlich einige Male gegeben hat, in diesem Falle aber besonderes Interesse fand, weil es sich hierbei um den Sohn des hiesigen Bürgermeisters Karl Gottfried Fellmer handelte. Es ist das Schicksal eines Menschen, der im beginnenden 19. Jahrhundert das Pech einer schwierigen Geburt und psychischen Behinderung mit sich herumschleppen musste. Dafür konnte er nichts, er war auch nicht in der Lage, daran selbst etwas zu ändern. Das wissen wir heute und gehen mit solchen Menschen anders um. Wir akzeptieren sie als Mitglieder unserer Gesellschaft und haben in unserem reichen Land genügend Fachwissen und Mittel, ihnen ein ganz „normales" Leben in unserer Mitte oder einem Heim zu ermöglichen – ja sie sogar zu heilen.

Schauen wir bis ins Mittelalter zurück, sah das noch ganz anders aus. Zu dieser Zeit war die „Irrenpflege" hauptsächlich Sache der Kirche. Man begann mit dem Bau von Domspitälern, die neben anderen Hilfebedürftigen auch Geisteskranke aufnahmen. Klösterliche Werte, wie Gehorsam, Armut und Keuschheit, aber auch Exorzismus und die Zelebrierung anderer wundertätiger Rituale, waren in ihnen, genauso wie prügeln mit Ruten, Riemen und Stöcken, gängige Therapie. Später entwickelten sich auch weltliche Formen der Geisteskrankenfürsorge. Es wurden Bürgerhospitäler gegründet, in denen man leichte Fälle von Irrsinn aufnahm. Aggressive Kranke allerdings kamen gnadenlos hinter Gitter oder mussten vor den Stadttoren in extra für sie angefertigten Holzkisten schmachten.

Der Lauf des 17. Jahrhunderts brachte für derart geschundene Kreaturen insofern etwas Besserung, als dass sie in eigens angelegten Zucht- oder Tollhäusern Unterkunft fanden, in denen es zwecks „Besserung" freilich immer noch kräftig Schläge hagelte. Erst ab ungefähr Mitte des 19. Jahrhunderts gingen immer besser geschulte Psychologen zur gewaltfreien Behandlung von psychisch Kranken über, ohne hierbei jedoch gänzlich auf Schläge, bzw. solch fragwürdige Methoden wie kalte Sturzbäder, Zwangsstehen, Kreiseln auf Drehstühlen etc., verzichten zu wollen. Das änderte sich spürbar, als verstärkt an Universitätskliniken (z. B. 1878 in Heidelberg, 1887 in Freiburg) Fachärzte ausgebildet und neue Anstalten mit teilweise komfortabler Ausstattung errichtet worden sind. Dies waren die Grundlagen unserer heutigen modernen Psychiatrie, die sich (ausgenommen ist das nationalsozialistische Kapitel) auch im außerklinischen Bereich exzellent entwickelt hat.

Chronik einer Abschiebung – geistig gestört und äußerst gefährlich

Löbau am Freitag, den 09. März 1827

„Schon wieder dieses Theater", brabbelte der Ratsdiener Müller wütend in seinen Bart.
Gerade hatte er an diesem Vormittag den Hausflur seines Bürgermeisters in der Rittergasse 2 betreten, als er aus der Küche das Wehgeschrei der geplagten Frau Fellmer vernahm. Da die Fellmers kein Dienstpersonal mehr hatten, unterstützte Müller die Familie dann und wann und war seinem Bürgermeister auch sonst sehr verbunden. Schnell stellte er deshalb den Korb, in dem sich einige Einkäufe befanden, an die Wand. Dann stieß er die Tür auf und bekam ein Szenario zu sehen, wie es sich im Hause Fellmer leider des Öfteren abspielte. Der 14-jährige Sohn der Bürgermeisterin hatte sich gerade an seiner Mutter festgekrallt, malträtierte und kratze sie dabei so heftig, dass von einem Unterarm schon Blut herunter tropfte. Wie der den Ratsdiener hereinkommen sah, schnappte er sich wutentbrannt ein Messer von der Anrichte und warf es gezielt in Richtung Müller. Und zwar so geschickt, dass selbst ein Messerwerfer auf dem Jahrmarkt hätte neidisch

werden können. Müller sprang blitzschnell beiseite, machte drei Schritte auf den Knaben zu, umklammerte ihn mit ganzer Kraft und sperrte ihn erst mal in die Vorratskammer. Dort polterte er zwar immer noch wild umher, fürs Erste jedoch stellte er keine Gefahr mehr dar.

Heulend wischte die Fellmerin das Blut von ihrer Haut. Müller ging zu ihr, besah sich den Arm, auf dem jede Menge blaue Flecken sowie alte Kratz- und Beißspuren zu erkennen waren. Er holte ein wenig Scharpie und Alkohol aus dem Notschränkchen und versorgte die Wunden der Unglücklichen.

„So kann das nicht weitergehen!"
Eindringlich sah Müller die Frau an. Sie, 39 Jahre alt, zierlich und immer noch, wie Müller fand, eine attraktive Frau, starrte mit tränenverschmierten Augen entmutigt ins Leere und zuckte nur mit den Schultern.

„Was soll ich denn machen, er ist doch mein Sohn und ich liebe ihn."
Ihr Finger zeigte zur großen Schüssel auf dem Küchentisch.

„Diesmal habe ich ihm nur gesagt, er soll bitteschön die Hände aus dem Teig für den Sonntagskuchen nehmen und dann … ich kann einfach nicht mehr!"
Ein erneuter Weinkrampf packte die Frau. In den Armen von Müller brach sie endgültig zusammen. Nach geraumer Zeit, es war halbwegs wieder Ruhe eingezogen, öffnete Müller die Vorratskammer. Fellmer junior hatte sich beruhigt, saß in sich zusammengesunken auf einem Schemel und spazierte danach seelenruhig, als wäre nichts gewesen, nach oben in seine Kammer. Nur ein kurzer, verstohlen-störrischer Blick verriet: Das passiert mir bald wieder …

Löbau am Sonnabend, den 10. März 1827

Am frühen Vormittag hatten die Fellmers Dr. Engelhardt zu sich ins Haus gebeten. Es war der Zeitpunkt gekommen, wo sie sich ihres Sohnes Louis wegen absolut keinen Rat mehr wussten. Dr. Gottlieb Engelhardt war zu jener Zeit der bekannteste praktische Arzt, Wundarzt und Geburtshelfer in Löbau. Auch ihm hatte es der Löbauer Bürgermeisters zu verdanken, dass ihm seine mit zartem Körperbau bedachte Frau zwei Söhne schenken konnte. Sein Erster, jetzt 18-jähriger Sohn, entwickelte sich prächtig, sein Zweiter dagegen … Na gut, deswegen trat Dr. Engelhardt ja gerade in die Stube ein, reichte beiden die Hand, verneigte sich leicht und legte Stock, Zylinder und Mantel betont ruhig ab.

„Wie geht es ihnen? Was steht zu Diensten?"
Der Arzt setzte sich zu ihnen an den Tisch, wobei er sich letztere Frage hätte verkneifen können, denn er ahnte nur zu gut, worum es ging. Die Anwandlungen des Louis Fellmer sorgten in letzter Zeit stadtweit für Aufsehen und zunehmend litt auch das Bürgermeisteramt unter den Eskapaden des – wie man damals zu sagen pflegte – „blödsinnigen" Jungen. Das wusste Engelhardt, für den die Bitte um den heutigen Besuch nur eine Frage der Zeit gewesen war.

„Wir wissen uns keinen Rat mehr."
Bedrückt schilderte Bürgermeister Fellmer die Lage seiner Familie.

„Unser Sorgenkind, der Jüngste, zählt inzwischen 14 Lenze. Für sein Alter ist er, ganz im Gegensatz zu seinen geistigen Fähigkeiten, sehr kräftig gebaut. Nicht nur uns traktiert er ständig mit seinen Wutausbrüchen, auch das gesamte Dienstpersonal ist uns bereits davongelaufen. Allein können wir ihn nicht mehr bändigen. Zudem läuft er häufig hinaus auf die Gasse und terrorisiert vorübergehende Leute. Gestern hat er sogar ein Messer nach dem Ratsdiener geworfen."
Nach der Schilderung ihres Mannes wieder den Tränen nahe, bat die Fellmerin flehentlich:

„Bitte, bitte Herr Doktor, heilen sie Louis endlich von seinem Irrsinn. Holen sie uns, und vor allem ihn, aus diesem Jammertal!"

Für einige Sekunden trat Schweigen ein, in denen Dr. Engelhardt die Krankengeschichte des Jungen in seinem Kopf Revue passieren ließ:
Wie er sich erinnerte, war das Neugeborene, damals im Kriegsjahr anno 1812, sehr schwächlich auf die Welt gekommen. Die Testikel (Hoden) steckten noch im Bauchraum. Ein Problem, dass deshalb ungewöhnlich erschien, weil er es erst im 12. Lebensjahr des Knaben beheben konnte. Sein primärer Leidensweg begann jedoch Anfang des dritten Lebensjahres.

Er fiel wieder und wieder in heftige Schüttelkrämpfe, bei denen er oft das Bewusstsein verlor, sodass er als Arzt Veranlassung hatte, arg um das Leben des Jungen zu fürchten. Nachdem er diesen Zustand glücklicherweise in den Griff bekommen hatte, suchten den damals 5-jährigen weitere Krankheiten heim. Der liebe Gott schien es wahrlich nicht gut mit ihm zu meinen. Er litt fast zwei Jahre an beständig anhaltendem Durchfall, den er als sein Arzt erst nach mehreren Versuchen mit einer Wurmkur bekämpfen konnte. Hunderte Madenwürmer gingen aus dem Kind ab, sodass es wenigstens von dieser Qual befreit war. Wenigstens von dieser Qual bedeutete: Das nächste Übel ließ nicht lange auf sich warten. Bald überfielen den Jungen regelmäßig krampfhafte Zuckungen und er fiel öfters in Ohnmacht. Ständig musste jemand bei ihm sein.

Was hatten er und seine Kollegen nicht alles versucht, den Jungen zu heilen. Erst dachte man, die Krämpfe kommen von erneuten Würmern, dann vermutete man Nervenschwäche und verordnete Bäder und Einreibungen. Doch nichts von dem war von Erfolg gekrönt. Ein auswärtiger Spezialist meinte sogar, die Krämpfe hätten ihre Ursache in den verborgenen Testikeln und riet, die Behandlung erst in den Pubertätsjahren weiterzuführen. Dazwischen hatten noch einige andere Ärzte, mit allerlei Extrakten, Einreibungen und Heilpflastern, ihr Glück an dem Jungen versucht, doch eine wesentliche Besserung trat nie ein. Erst im 11. Lebensjahr bekam er persönlich den Jungen wieder zu Gesicht. Erstaunt stelle er fest: Sein Körper war dem äußerlichen Anschein nach normal entwickelt. Bis auf Blähungen, die ihm zu schaffen machten, fehlte Louis Fellmer nichts. Doch sein Geist, das wurde immer offensichtlicher, näherte sich dem Blödsinn. Ebenso hatte sich hinsichtlich der epileptischen Anfälle nichts geändert. Er hatte wirklich alles versucht, um dem Jungen zu helfen. Er verordnete Seifenbäder, antispasmodische Einreibungen, legte Brechweinsteinpflaster neben dem Rückgrat auf und so weiter, und so weiter. Die Anfälle ließen glücklicherweise mit der Zeit ein bisschen nach – allein der Schwachsinn blieb. Das Kind wurde oft tobsüchtig, biss, kratzte, schlug seine Umgebung und, in der Sprache phasenweise stotternd, gab es unverständliches Zeug von sich.

Nach einer Weile sah Dr. Engelhardt wieder zu den Fellmers auf und schüttelte ratlos den Kopf.

„Nein, bei aller ärztlichen Kunst, ich kann leider nicht mehr helfen, hier bin ich im wahrsten Sinne mit meinem Latein am Ende".

Dem Bürgermeisterehepaar stand die Enttäuschung und Hoffnungslosigkeit ins Gesicht geschrieben.

„Schlimm, schlimm, ich weiß", sagte Dr. Engelhardt.

„Das Einzige, was wir jetzt noch tun können ist, den Jungen einstweilen – ich schlage vor für zwei Jahre – auf Schloss Sonnenstein (Heil- und Versorgungsanstalt) zu bringen. Dort praktiziert mein geschätzter Kollege und früherer Studienfreund Dr. Pienitz. Ich werde ein gutes Wort bei ihm für sie einlegen. Mal sehen, was der noch machen kann."

Als Engelhardt sah, dass die Mutter schon wieder den Tränen nahe war, ergriff er beschwichtigend ihren Arm:

„Nicht doch, Fellmerin, es ist wirklich am besten so. Bedenkt: Louis wird immer älter und kräftiger. Er schlägt Menschen, sogar Kinder! Er geht mit Messern und anderen Dingen auf Leute los! Bedenkt auch: Er ist in der Pubertät. In ihm erwacht ein Drang, der bei seiner Aggressivität und niedrigen geistigen Hemmschwelle so manchem jungen Mädchen zum Verhängnis werden kann! Wollt ihr das verantworten?"

„Auf keinen Fall, nein!"

Gottfried Fellmer schlug mit der flachen Hand entschlossen auf die Tischplatte.

„Doktor sie haben recht! Ich duldete es als Bürgermeister auch nicht, wenn anderer Leute Kinder derart die Gassen und Plätze unserer friedvollen Stadt verunsicherten. Schon mein Amt gebietet es mir, umgehend zu handeln. Sagen sie bitte, was jetzt zu tun ist."

Dr. Engelhardt nickte zustimmend.

„Nach einer obrigkeitlichen Verordnung von 1822", so hatte er bereits vorsorglich recherchiert, „müssten sie als Vormund des Knaben zunächst ein Gesuch an den Rat von Löbau schreiben. Der veranlasst alle nötigen Prüfungen und stellt einen entsprechenden Antrag an die Oberamtsregierung in Budissin. Die wiederum prüft die Bittschrift, befürwortet sie und leitet diese an eine königliche Kommission weiter. Liegt deren Genehmigung vor und sind alle finanziellen Modalitäten geklärt, dann steht einer

Unterbringung ihres Sohnes in der Heilanstalt Sonnenstein nichts im Wege."

Löbau am Mittwoch, den 14. März 1827

Bereits am Montag lag das obligate Gesuch des Bürgermeisters beim Rat vor, denn Dr. Engelhardt hatte angeraten, nunmehr schnell zu handeln. Am heutigen Tag sollten darum, wie es die Verordnung verlangte, Zeugenaussagen aufgenommen werden, damit man diesen Antrag ordnungsgemäß und ausreichend untermauern konnte. Fellmer empfahl, den Apotheker Salzmann zu hören. Aus mehreren Gesprächen mit ihm wusste er, dass es durch seinen Sohn in und vor der Stadtapotheke schon häufig zu Konflikten gekommen war.

Ansicht Gebäude „Alte Apotheke"

„Oh ja das Verhalten des Fellmer-Sohnes, da kann ich ein Lied von singen", sagte der 36-jährige Christoph Friedrich Salzmann aus und lachte bitter.
„Ich kenne den jüngeren Sohn des Bürgermeisters nur zu gut. Die Fellmers wohnen ja gleich nebenan und ich kann ihnen sagen – da spielen sich jeden Tag Szenen vor meinem Geschäft ab, die sind einfach skandalös."
Breit grinsend winkte er ab.
„Und komisch sind sie manchmal auch! Wenn es nicht so ernst wäre, könnte man sich glatt kringeln vor Lachen", meinte er.
„Letztens zum Beispiel hat der Bube der alten Quirnern mit voller Wucht eine geschallert, weil die sich seinen Spielkram nicht angucken wollte. Vor Schreck fiel ihr gleich der Korb aus der Hand und die ganzen Eier, die drin waren, zerschlugen und kleckerten aufs Pflaster. Dann hat

der geistesschwache Bengel sie zu allem Übel noch kräftig gestoßen, dass die alte Dame, laut keifend und mit den Armen rudernd, rücklings in der Eierpampe landete."

Er wäre, so sagte er weiter aus, selbstverständlich gleich raus aus der Apotheke, habe dem Irren seinerseits eine verpasst und der alten Frau, wie es sich für einen Ehrenmann gehöre, sofort aufgeholfen.

Anfangs sei der Knabe noch ungefährlich gewesen, aber jetzt wäre er derart zu Körperkräften gekommen, dass er durchaus Erwachsenen ernsthaft Schaden zufügen könnte. Salzmann zeigte sich bei seiner Anhörung zudem besorgt, weil die Wutausbrüche des Louis Fellmer auch gegen Kinder, die zufällig auf der Gasse spielten, gerichtet wären. Meist könnten sich dieselben nur durch blitzartige Flucht vor dem rabiat Agierenden retten. Ergänzend fügte Salzmann hinzu: Der irrsinnige Knabe beträte auch häufig seine Apotheke und es wäre bei dessen Widerstandskraft jedes Mal eine echte Mühe, ihn wieder hinauszubugsieren. Auf die abschließende Frage des Stadtrichters, wie man denn seiner Meinung nach weiter im Falle Louis Fellmer verfahren solle, antwortete Salzmann mit großer Überzeugung:

„Um schlimmeres Unglück zu vermeiden, ist der Knabe auf alle Fälle seiner Freiheit zu berauben. Wie und wo auch immer, er muss weggeschlossen werden! Das ist übrigens nicht nur meine Meinung, nein, ganz Löbau wünscht sich seit Längerem nichts sehnlicher!"

Ergänzend zu allen angezeigten Missetaten, gab sein ehemaliger Hauslehrer Hörnig noch zu Protokoll, der Knabe sei nicht bzw. nur wenig lernfähig. Wörtlich diktierte er dem Gerichtsschreiber in die Feder:

„Er ist schwerlich in der Lage irgendetwas zu fassen, geschweige denn, es sich zu merken. Ich konnte ihm die einfachsten Sachen erklären oder demonstrieren – schon nach kurzer Zeit wusste er nichts mehr davon. Mit viel Geduld habe ich ihm das Lesen zwar mühselig beigebracht, allerdings verstand er kaum, was er da ablas."

Befragt, was er zum aggressiven Verhalten des Jungen sagen könne, meinte Hörnig noch:

„Länger als eine Stunde Lernen am Tag war nicht drin und wenn ich Louis zwischendurch nicht seinen Willen ließ, wurde er wütend und schlug um sich. Jetzt mag ich ihn, meines Wohlergehens wegen, nicht mehr unterrichten. Er ist derart stark geworden, dass ich ihn nicht mehr bändigen und er mich ernsthaft verletzen könnte."

Wen wundert's also, wenn angesichts der Sachlage und der damals gängigen Einstellung zu geistig Behinderten noch andere Bürger der Stadt ähnlich resolute Meinungen vertraten.

Löbau am Sonnabend, den 17. März 1827

Bis zu diesem Tag war alles gesagt, alles ins Protokoll geschrieben! Es blieb nur, den entscheidenden Schritt zu gehen und das Gesuch zur vorerst 2-jährigen Aufnahme des Louis Fellmer in die „Irrenanstalt" Sonnenstein an die Oberamts-Regierung in Budissin zu richten.

Aus diesem Grund saßen sie nun im Zimmer der Gerichtsstelle zusammen: der Bürgermeister Karl Gottfried Fellmer, der Stadtrichter Karl Benjamin Schöbel, der Aktuar Karl Gottfried Auster und Dr. Engelhardt. Ohne ein Wort zu sagen, sahen sich die vier Männer an. Auster hielt das fertige Gesuch in der Hand und nach und nach nickte jeder der Herren. Zuletzt – erst zögerlich dann bestimmt – der Bürgermeister selbst. Der Aktuar faltete das Blatt bedächtig zu einem Brief:

„Schicken wir das Gesuch also ab, wenn auch schweren Herzens, und legen das Schicksal ihres Sohnes, Herr Bürgermeister, in die Hände Gottes und ärztlicher Spezialisten. Auf das er in zwei Jahren, von seinen Qualen geheilt, als vollwertiger Jüngling wieder unter uns weilen kann!"

Löbau am Dienstag, den 3. April 1827

Schon am Sonnabend war der Antrag als genehmigt zurückgekommen. Louis Fellmer konnte ab sofort als sogenannter Verpflegter zweiter Klasse in die „Heil- und Versorgungsanstalt zu Sonnenstein", wie sie offiziell hieß, aufgenommen werden. Jetzt musste alles schnell gehen, es durfte keine Sentimentalitäten mehr geben. Die „Abreise" von Louis war deshalb schon auf den Vormittag festgesetzt worden. Da wegen zu erwartender

Wutausbrüche für den Transport kein normaler Wagen infrage kam, ließ der Rat die braune Gefängniskarosse aus dem Marstall kommen, mit zwei Pferden bespannen und direkt vor das Haus des Bürgermeisters fahren. Damit war Aufsehen natürlich vorprogrammiert, noch dazu, weil in der Stadtgerüchteküche die bevorstehende Einweisung des „blödsinnigen Louis" in die „Klapsmühle" längst durchgesickert war. Es dauerte keine zwei Minuten nach Ankunft des Gespanns, da flogen ringsum fast alle Fenster auf. Neugierige Passanten blieben stehen, Bürger traten aus ihren Häusern und bildeten einen großen Halbkreis um den Ort des Geschehens.

Sie alle erlebten jetzt mit, wie zwei städtische Polizeidiener vom Kutschbock stiegen und sich auf den Weg in die obere Kammer des Unglücklichen machten. Louis freilich hatte instinktiv mitbekommen, was hier gerade abgehen sollte und sich, ganz im Gegensatz zum sonstigen Verhalten, winselnd in die Ecke seines Zimmers verkrochen. Als die Polizeidiener ihn packen wollten, schlug jedoch seine Stimmung unvermittelt um. Er trat die Männer, spuckte, versuchte zu beißen und schrie aus Leibeskräften:
„Lasst mich, ich will hierbleiben, ich will hierbleiben!"
Aber er hatte keine Chance. Mit geübter Hand drehte ihm einer der beiden Männer den Arm auf den Rücken, nahm ihn in den Würgegriff und zerrte den nach Luft schnappenden Jungen so schnell es ging die Treppe hinunter über den Flur, an seinen Eltern vorbei, zum Wagen.
Die Fellmerin hatte sich an ihren Mann geklammert und schluchzend den Kopf in seiner Schulter vergraben. Der suchte seine Frau immer wieder zu beruhigen und strich ihr liebevoll übers Haar:
„Lass nur, meine Liebe, lass, es wird alles gut werden. Wirst sehen, in zwei Jahren ist der Louis wieder gesund bei uns und wir werden eine glückliche Familie sein."

Hastig, damit die Umstehenden nicht zu lange gaffen konnten, stieß der Polizeidiener den Jungen in den Wagen und legte ihn in Ketten. Der andere schlug die Wagentüren zu, der Kutscher knallte die Peitsche und die Kutsche ruckte an. Ab ging die Reise in schneller Fahrt über den Markt, durch die Bautzener Gasse, hinaus auf die Landstraße, hinein ins Martyrium Sonnenstein …

Löbau am Sonnabend, den 17. November 1827

An diesem Tag kam ein Brief mit der Post:

An:
Sr. Hochedelgeb.
den Herrn Steuer-Einnehmer
Samuel Traugott Hörnig
in Löbau

Mit der Mitteilung:

„ ... daß in hiesiger Königl. Sächsl. Heil- und Versorgungs Anstalt Friedrich Louis Fellmer aus Löbau an den Folgen epileptischer Krämpfe, den 13. Novbr. 1827 des Vormittags heute um 11 Uhr -----
verstorben und verfassungsmäßig begraben worden ist.
Solches wird hierdurch bescheinigt, mit dem an die Obrigkeit des Verstorbenen gerichteten Ersuchen, diesen Todesfall den nächsten Verwandten bekannt zu machen.

Schloss Sonnenstein am 16. Novbr. 1827
Carl Friedrich Thieme
Haus Verw."

Schloss Sonnenstein (aus einem Bildnis von Canaletto)

70

Die mühevolle Geburt
eines Turmes

Er, der nicht seines Gleichen hat,
Er ziert den Berg, er ehrt die Stadt,
Ist Friedrich August′s Monument,
Das Ihn der spätsten Nachwelt nennt.

(Zeitgenössische Dichtung, Autor unbekannt)

Das bekannteste Wahrzeichen Löbaus ist zweifellos der gusseiserne König-Friedrich-August-Turm auf dem Löbauer Berg. Mit seinen 28 Metern wird er vom benachbarten Fernsehturm zwar höhenmäßig überragt – jedoch nicht in den Schatten gestellt. Die Größe ist nur der Erste und im Grunde nebensächliche Blick, denn der Turm ist eine der meistbesuchten Attraktion in der Oberlausitz. 160 Jahre sind es 2014 her, als sich seine Eingangstür zum ersten Mal für alle öffnete. Liebevoll, mit viel Engagement und beträchtlichen finanziellen Mitteln, haben ihn die Löbauer am Leben erhalten. Leider ist es heute nicht mehr das Original aus dem Jahre 1854, von dem aus Besucherreizvolle Aussichten in lausitzer, sächsische, böhmische und schlesische Gefilde genießen

Der Friedrich-August-Turm

können. Der Blick reicht bis ins Riesengebirge im Osten und die Sächsische Schweiz im Westen. Für 3 Millionen Mark wurde er vollständig rekonstruiert und am 9. September 1994 konnten ihn die Löbauer zusammen mit dem sächsischen Ministerpräsidenten wiedereröffnen. Wie viele Menschen vor- und nachdem die 120 Stufen zur Aussichtsplattform hinaufstiegen, weiß keiner. Sicher dagegen ist, dass wir auf dem gesamten Erdball bisher kein vergleichbares Bauwerk gefunden haben.

Wie kam es zur Errichtung dieses einmaligen Bauwerkes? Wer hatte die Idee, wer waren die Initiatoren? Die meisten Menschen verbinden den Turm mit dem Löbauer Bäckermeister Friedrich August Bretschneider. Das ist auch richtig, nur kam er eher durch Zufall und spontan zur Ehre des Turmbaues. Dessen Entstehungsgeschichte gleicht eher einem Krimi, als einem planmäßigen Vorhaben. Sie sorgte vor über 160 Jahren für Aufsehen und versetzte löbauer Gemüter in Erregung,manchmal sogar in helle Empörung. Reisen Sie mit mir ins Löbau des 19. Jahrhunderts, sehen Sie Bilder und lesen selbst ...

Ein Winterspaziergang auf den Löbauer Berg

Alles nahm seinen Anfang im Jahr 1850. Es war ein Winter, wie man ihn sich besser nicht wünschen kann. An diesem 2. Weihnachtsfeiertag sind die Temperaturen weit in den frostigen Bereich gerutscht. Frische Flocken haben letzte Nacht die gesamte Oberlausitz und mit ihr den Löbauer Berg in ein weißes Kleid gehüllt. In Gedanken versunken spazierten Advokat von Scheibner und seine Frau an diesem frühen Nachmittag den Langen Rain entlang. Die Wolken hatten sich verzogen und Erde sowie Pflanzen verharrten in eisiger Starre. Der neue Schnee knirschte unter den Füßen. Die Scheibners hatten sich vorgenommen, ihrem geliebten Berg gleich nach dem Mittagessen einen Besuch abzustatten.

„Komm, lass uns rauf gehen", hatte Elisabeth schon am Vormittag ihren Mann gedrängelt.

„Die Luft ist klar und oben haben wir bestimmt eine schöne Aussicht." Die Kinder maulten, wollten lieber in der warmen Stube spielen. Das war heute aber nicht so tragisch. Weil Weihnacht ist, gab´s eine Ausnahme. Großmutter war ja da und so durften die Kinder nach eingehender Belehrung zu Hause bleiben. Mutter und Vater verstanden ihren Wunsch, denn die Geschwister wollten mit ihren Geschenken spielen. Konrad hatte zwei herrliche Holzpferde mit Bauerngespann vom Christkind bekommen. Und seine jüngere Schwester Agnes erst: Sie war außer sich vor Freude, als sie die bereits lang ersehnte Spielküche auf dem Gabentisch entdeckte. Alles war dabei: kleine Töpfe und Pfannen, Teller, Tassen Schüsseln und sogar zwei Öfchen, deren Türen sie öffnen und schließen konnte. Völlig vernarrt konnte sie seit dem Heiligen Abend nicht von ihrem Geschenk lassen.

Die Scheibners atmeten tief durch und kosteten ihre Zweisamkeit aus. Froh einmal allein zu sein, liefen sie den leicht ansteigenden Rain entlang. Der Advokat hakte seine Frau, die ihre Hände in einem dicken Muff vergrub, unter. Rechter Hand, direkt hinter den Vorwerksfeldern, ragten die verschneiten Dächer des Tiefendorfs aus dem Tal. Die Scheibners schauten sich um. Erst jetzt bemerkten sie, dass sie nicht die Einzigen waren. Hinter ihnen liefen zwei Familien mit Kindern und auch vor ihnen bogen Leute von rechts und links in den Aufgang zum Honigbrunnen ein. Alle wollten an diesem schönen Tag auf ihren Berg. Kein Wunder, nicht jeder Ort konnte sich glücklich schätzen, ein solch schönes Stück Natur vor der Haustür zu haben. Selbst im Winter war der Berg besuchenswert. Noch dazu an einem Feiertag - da war der Andrang groß. Das Ehepaar reihte sich ein und stapfte keuchend die steile Allee zum Honigbrunnen hinauf.

„Oh je", oben angekommen schaute von Scheibner erstaunt um sich.

„So viele Leute und das am frühen Nachmittag und das bei dieser Kälte!"

In der warmen Jahreszeit, das kannten sie, war hier an Wochenenden immer viel los. Tische und Bänke standen da, die Leute brachten Essen mit und kochten im Schatten der Bäume ihren Kaffee. Heute freilich saß keiner draußen, dafür genossen viele die herrliche Aussicht.

Eigenth. Druck u. Verlag G.Elssner's Steindruckerei.
Ein Erinnerungsblättchen.
„Am Honigbrunnen" bis zum 24. April 1864.

Postkartenansicht „Alter Honigbrunnen"

Noch mehr allerdings drängten zum Eingang der kleinen, aus Stein gebauten, Restauration. Der Volksmund nannte sie manchmal auch Großes Kaffeehäuschen.

„Gehen wir zur Aussichtsterrasse", entschied von Scheibner spontan. Die Sichtverhältnisse waren exzellent. Die Scheibners warfen zuerst einen Blick auf die Stadt, schauten dann geradeaus ins flache Land bis zur Hohen Dubrau. Rechts konnten sie den Rotstein und weiter hinten die Landeskrone bei Görlitz sehen.

„Fantastisch", der Advokat zog sein kleines Fernrohr aus dem Mantel und betrachtete ausgiebig das Panorama.

„Keine Chance …", jäh wurde er aus seinen Fernsichten gerissen. Er hatte die Zeit ganz vergessen und nicht bemerkt, wie Elisabeth stillschweigend von seiner Seite gewichen war.

„Keine Chance … gerade wollte ich uns heißen Tee holen", berichtete seine Frau enttäuscht, „aber in der Restauration ist ein derartiges

Gewühle, dass man sicher eine gute halbe Stunde auf Speis und Trank warten muss."

„Sei's drum", entgegnete von Scheibner und schob sein Teleskop zusammen.

„Laufen wir eben hoch zur Neuen Einsiedelei. Bald ist Kaffeezeit, der Weg ist steil und bei Schnee werden sicher nur wenige den Aufstieg wagen."

Gesagt, getan – die Zwei wanderten los. Zum Glück hatten sie derbes Schuhwerk an.

Nach einer halben Stunde erreichten sie die Neue Einsiedelei und gingen über die kurze Brücke in die Gaststube hinein. Sie konnten kaum glauben, was sie sahen: Der enge Raum war gerappelt voll, die Luft vom Tabakrauch zum Schneiden dick. Einige Männer hielten sich mit bereits glasigen Augen an ihren Bierhumpen fest. Es sah so aus, als würden die meisten Gäste das Lokal so schnell nicht wieder verlassen. Sie waren froh, einen Platz ergattert zu haben.

„Nichts wie raus", hustete Elisabeth, „dann lieber noch die Aussicht von hier oben genießen und auf Kaffee und Kuchen verzichten".

Eine Idee wird geboren

Auch auf dem Plateau des Berghauses standen eine Menge Leute. Das hölzerne Gebäude und die Bretterbude links, genannt alte Einsiedelei, waren allerdings verschlossen.

„Da sieht man es wieder mal", dachte von Scheibner bei sich.

„Ob im Wirtshaus oder hier, selbst winterliche Verhältnisse können unsere lieben Löbauer nicht davor abhalten, die höchsten Spitzen des Berges zu erklimmen. Schade nur, dass es hier nichts für das leibliche Wohl zu kaufen gibt."

Nichtsdestotrotz öffnete sich von diesem Punkt des Berges eine wunderschöne Fernsicht. Vor den Betrachtern lag das verschneite Ebersdorf, weiter südlich, über den Kottmar, das Böhmerland mit seinen eigenwilligen Hügeln. An diesem Tag zeigte sich die Landschaft freilich nicht mit gewohnt weichem, farbenfrohem Gesicht. Weiße Stille ließ die Gemüter eher in tiefe Gelassenheit versinken. Gerade zog von Scheibner seine Taschenuhr aus dem Rock und bedeutete seiner Frau, dass das Tageslicht in einer Stunde langsam verblassen würde, da sprach sie ein Herr von hinten an.

„Ein gesegnetes Weihnachtsfest wünsche ich Ihnen, meine liebe und verehrte Familie von Scheibner."
Den Scheibners war die sonore Stimme vertraut. Sie gehörte dem allseits beliebten Kantor Klose. Sie kannten ihn als hervorragenden Organisten der Kirche St. Nikolai. Außerdem organisierte er für die Löbauer Gemeinde kleine Konzertabende und war der Musiklehrer ihrer Kinder. Klose begrüßte das Ehepaar mit warmem Händedruck.
„Wie ich sehe", lachte er, „konnten auch Sie diesem reizvollen Weihnachtstag nicht widerstehen und betrachten unserer Heimat wieder einmal aus der Vogelperspektive."
Sie unterhielten sich eine Weile und merkten, die heute gemachten Erfahrungen stießen ihnen gemeinsam ungut auf.
„Nur schade", meinte der Kantor enttäuscht, „dass es auf unserem Berge so wenige Restaurationen gibt".
„Gerade in der kalten Jahreszeit, wo keiner gern im Freien sitzen mag, sollten wir mehr erwarten dürfen."
Sie pflichteten sich gegenseitig bei und kamen zum einhelligen Schluss, hier sei Veränderung nötig. Nicht nur die Löbauer mit ihrer wachsenden Begierde nach Erholung wegen. Ebenso kamen per Eisenbahn mehr und mehr Fremde zum Löbauer Berg. Wollte man sich da etwa blamieren, wegen der Gastlichkeit Spott und Häme aussetzen?

Um nicht in die Dunkelheit zu geraten, liefen sie gemeinsam den direkten, aber steilen Weg zur Stadt hinunter. Immer bedacht im tiefen Schnee zu gehen und eine Rutschpartie zu vermeiden, diskutierten sie weiter über das leidige Thema Bewirtung von Gästen auf dem Berge. Nach dem Abstieg waren sich Klose und der Advokat einig. In dieser Sache müssen wir, wenn es andere nicht tun, handeln. Sie verabredeten, dass von Scheibner unmittelbar nach den Weihnachtsfeiertagen einen Aufruf veröffentlichen sollte, der die „Freunde des Berges" zum Neujahrstag ins Stadt Breslau (später Oberlausitzer Hof) einladen sollte. Beiläufig fügte Klose beim Abschied hinzu:

„Wissen Sie übrigens mein lieber Herr von Scheibner, dass neuerdings in einigen deutschen Ländern auf Berggipfeln Schautürme in Mode kommen?"

Der Jurist wusste davon, ohne jedoch die Tragweite der Frage zu erahnen. Denn in diesem Moment war eine großartige Idee geboren.

Das theoretische Fundament ist gelegt

Advokat Scheibner packte die Sache mit der ihm gewohnten Schnelle und Gründlichkeit an. Er ließ Zettel drucken, anschlagen und verteilen. Die Resonanz war groß und die Initiatoren glücklich in ihrer Annahme bestärkt, dass die Löbauer Bürger sich echt für das Wohl und Gedeihen ihres Hausberges interessieren. Am Neujahrstag des Jahres 1851, Punkt drei Uhr am Nachmittag, war das Gesellschaftszimmer im Stadt Breslau bis auf den letzten Platz besetzt. An der strahlenden Mine des Wirtes, Friedrich August Lachmann, war unschwer zu erkennen: Auch er freute sich. Mehr jedoch über den unerwarteten Umsatz gleich am ersten Tag des neuen Jahres. Wieselflink lief er mit seiner Tochter hin und her, schwer beladen mit Tabletts voller Bierkrüge.

Postkartenansicht „Altes Berghaus"

77

Eingangs der Versammlung schilderte Advokat von Scheibner die Erlebnisse seiner weihnachtlichen Bergtour. Fast alle im Raum kannten ihn. Das war nicht ungewöhnlich in einer nur knapp 4000 Seelen zählenden Stadt. Zudem hatte der vigilante Anwalt schon manchem Bürger aus der Patsche geholfen. Sein Wort zählte, was auch jetzt am zustimmenden Nicken erkennbar war.

„Wir müssen Bürgermeister, Stadtrat und Stadtverordnete verpflichten, mehr für die Bewirtung der Gäste am Honigbrunnen und insbesondere am Berghaus zu tun", sagte er fordernd am Schluss seiner Rede.

Von Scheibner erntete reichlich Beifall. Danach ergriff Kantor Klose von seinem Sitzplatz aus das Wort.

„Und dann ist da noch so eine Idee ..."

Seine sonore Stimme forderte automatisch Aufmerksamkeit. Stille trat ein, erwartungsvoll ruhten alle Blicke auf ihm. Er zündelte an seiner Zigarre und blies den ersten Zug bedeutungsvoll in die Luft.

„Wie wäre es, wenn wir uns irgendwo in der Nähe des Berghauses einen Turm bauen? Ich meine einen, auf den die Menschen hochsteigen und in alle Richtungen Ausschau halten können."

Die Gäste im Hinterzimmer des Stadt Breslau sahen sich erstaunt an. So etwas kannten sie bis jetzt nur vom Hörensagen. Trotzdem war dem Kantor klar, er hatte soeben in ein Wespennest gestochen. Wie er seine Gemeindemitglieder kannte, würden sie die Tragweite des Vorschlages bald verstehen und die Turmidee von Mund zu Mund weitertragen. War in den Herzen der Bürger die Flamme entfacht, würde sie so leicht nicht zu löschen sein. Natürlich wusste Klose, dass früher oder später die leidige Geldfrage auf den Tisch kommt. Relativierend fügte er deshalb hinzu:

„Mir schwebt eine Konstruktion aus Eisen vor. Sie wäre stabil, dem Zweck genügend und sicher billiger als ein Bau aus Stein."

Langsam kam Bewegung unter die Gäste. Angeregt wurde diskutiert, währenddessen Gastwirt und Tochter fleißig für Getränkenachschub sorgten.

„Eine großartige Idee", verkündete Kaufmann Hennig nach einigen Minuten der diskutierenden Menge.

„Stellen wir uns nur vor, wie viel mehr Ausflügler dadurch nach Löbau kommen würden. Das brächte uns und der Kommune zusätzliche, nicht zu unterschätzende Einnahmen."

Quasi als Fachmann stellte er Berechnungen an und schloss sein Statement unter zustimmenden Applaus mit den Worten:

„Ich schließe mich den Vorschlägen der Herren von Scheibner und Klose voll und ganz an."

Unterdessen hatte Advokat von Scheibner mit Feder und Tinte eine Resolution zu Papier gebracht.

Alle Anwesenden unterschrieben und gleich morgen wollte er das Schriftstück dem Stadtrat übergeben. Das Fundament für den Gusseisernen Turm war, zumindest theoretisch, gelegt.

Wer soll das bezahlen?

Schnell mahlten die Mühlen nicht. Das neue Jahr kam nur langsam in Fahrt. Erst in der zweiten Januarwoche debattierte der Rat über die Forderungen der Stadt-Breslau-Runde. Zum Ende der Woche bestellte Bürgermeister Hartmann Kantor Klose und Advokat von Scheibner aufs Rathaus, um sie mit den Auslassungen der Herren bekannt zumachen. Man kannte und begrüßte sich zunächst herzlich, wünschte Glück und Gesundheit fürs neue Jahr. Dann kam Karl Hartmann gleich zur Sache. Neben ihm saß Stadtrat Blume. In seinem Amt als Stadtschreiber führte er, wie fast immer in wichtigen Angelegenheiten, das Protokoll. Zuerst ließ Hartmann Advokat von Scheibner seine Erlebnisse auf dem Berg schildern und wie es zu besagter Bürgerrunde im Stadt Breslau kam. Von Scheibner beschloss seinen Bericht mit den Worten:

„Solch ungastliche Verhältnisse auf unserem Hausberg können wir uns angesichts des erfreulichen Besucherzuwachses nicht leisten. Ich hoffe, die Herren Stadträte sehen das genauso."

Hartmann nickte, er sah es so und prinzipiell auch die Stadträte. Über kurz oder lang musste eine neue Restauration her, das stand fest. Nur seien die Herren Stadträte nicht der Meinung am Berghaus, sondern eher am Honigbrunnen. Dieser würde zu allen Jahreszeiten von vielen Menschen besucht, mehr als das beschwerlich zu erreichende Berghaus. Eine entsprechende Unternehmung soll, wenn die Stadtverordneten der gleichen Meinung sind, in den nächsten zwei bis drei Jahren angegangen werden.

„Und was Ihren Vorschlag betrifft, verehrter Herr Kantor ...“ Hartmanns Augen hefteten sich an die Resolution. Für Sekunden herrschte gespannte Ruhe.

„Einen eisernen Turm wollen unsere Löbauer also haben, einen, von dem aus man ringsum eine schöne Aussicht hat?“ Klose und von Scheibner nickten.

„Richtig“, meinte von Scheibner, „und deshalb müsste oben am Berghaus auch ein neues Gasthaus her. Ein Turm ohne Einkehr ist doch nur die Hälfte wert“.

Darauf Klose:

„Außerdem wären wir die Ersten und vorerst Einzigen in der Oberlausitz, die einen Aussichtsturm besitzen. Was das für den Fremdenverkehr bedeutet, ist kaum auszudenken! Wir sollten uns beeilen!“ Karl Hartmann lächelte mitleidig.

„Die Ersten? Daraus wird wohl nichts mehr!“ Er erzählte beiden, dass der Rat von Bautzen noch in diesem Jahr auf dem Czorneboh einen steinernen Aussichtsturm nebst danebenliegendem Gasthaus errichten werde. Er wisse dies aus sicherer Quelle. Von Scheibner und Klose waren ein wenig enttäuscht. Sie fühlten sich aber dennoch in ihrer Idee bestärkt. Mehr noch waren sie überzeugt, dass Löbau gerade deswegen nun einen Turm brauchen würde.

„Packen wir die Sache mutig an – mit unserer Unterstützung kann die Stadt rechnen“, meinte Klose entschlossen. Doch Hartmann winkte ab und schob die Bürgerproklamation über den Schreibtisch.

„Leider muss ich Sie enttäuschen. Der Rat stimmt dem Turmansinnen, genau wie einer neuen Restauration am Berghaus, nicht zu.“

Gegenüber sah er in schlagartig ernüchterte Gesichter. Beinahe provozierend fügte Hartmann hinzu:

„Bringen Sie mir Financiers, die mehr als 10.000 Taler aufbringen! Dann können wir über ein solches Projekt reden. Eine Verschuldung der Stadt kommt keinesfalls in Frage."

Bald konnte man meinen, er sei mit sich selber unzufrieden. Trotzig verschränkte er die Arme vor der Brust.

„Uns beschenkt oder fördert niemand! Wir können nur das ausgeben, was unsere kleine Stadt erarbeitet. So ist es und wird es nach göttlichem Willen wohl immer bleiben!"

Damit endete die Unterredung. Ein Bürgerbegehren war geplatzt.

Fremder Turm, Frust und neue Hoffnung

Zum Glück sollte Kantor Klose mit seiner Vermutung recht behalten. Seine Idee saß fest in den Köpfen der Leute. Wie ein Lauffeuer waren in jenem 1851er Jahr die Forderungen der Stadt-Breslau-Resolution herumgegangen. Die Diskussionen über einen Turmbau wollten seitdem kein Ende nehmen. Die Leute diskutierten das Für und Wider, die wildesten Stammtischpläne gingen um. Regelmäßig kamen Gerüchte auf, die Stadtrat und Stadtverordnete bisweilen unnütz beschäftigten.

Für neuen Frust sorgte bald der von Löbau aus in Sichtweite gelegene Czorneboh. Die Information von Bürgermeister Hartmann war richtig. Die Stadt Bautzen hatte dort einen steinernen Aussichtsturm mit Wirtshaus erbaut. Initiator war Oberförster Walde aus Wuischke. Der Entwurf stammte vom Bautzener Architekten Traugott Hobjan und fertiggestellt hatte ihn der Laubaer Malermeister Karl Traugott Eichler. Schon am 17. März 1851 stand der Turm, die Eröffnung fand jedoch erst 1852 statt. Seitdem pilgerten scharenweise Menschen aus nah und fern zum Czorneboh, um Bauwerk und Aussicht zu bestaunen. Darunter waren viele Löbauer. Auch ihnen ermöglichte dieser Turm einen ungehinderten Fernblick in alle Richtungen, vor allem einen Wehmütigen auf ihren eigenen Berg. Sie wussten, derartige

„Weitblicke" gab es bei ihnen nicht. Neid und Unzufriedenheit, vereinzelt Wut, machten sich zunehmend in der Bevölkerung breit.

„Was können die Bautzener, was wir nicht können", war die gängige Frage.

Die Antwort des Stadtrates und der Stadtverordneten ging stereotyp in dieselbe Richtung:

„Wir können und wollen uns nicht mit Bautzen vergleichen!"

Nicht ganz unberechtigt, denn immerhin lebten Mitte des 19. Jahrhunderts in der Stadt an der Spree über die Hälfte mehr Menschen. In den durch Handwerk und Handel geprägten oberlausitzer Kommunen eine nicht zu unterschätzende Wirtschaftskraft.

Mit diesen Argumenten wollten sich die Löbauer aber nicht abfinden. Sie bestanden auf ihrem eisernen Turm und basta! Die Fronten verhärteten sich. Stadtverwaltung und Turmgegner auf der einen sowie die Mehrzahl der Einwohner auf der anderen Seite, gefährdeten stellenweise den kommunalen Frieden. In Wirtshäusern war das Bergthema häufig Gegenstand hitziger Dispute. So beispielsweise im Jahre 1853 im Goldenen Schiff. Es war an einem Freitag, der Monat September erst wenige Tage alt und wie immer hatte der Wirt, Friedrich Kotsch, am Ende der Woche ein volles Haus. Nahezu alle Fremdenzimmer waren belegt, dennoch saßen in der Gaststube am Abend überwiegend Einheimische. Scheinbar aus dem Nichts entstand an der Fensterseite über Tische hinweg ein Streit. Gleiches konnte Kotsch nicht vertragen. Sein Gasthof gehörte bekanntlich zu den etablierten in der Stadt, in dem auch honorige Gäste verkehrten.

„Die Stadt hat keene Pfennge", hörte er den Nagelschmied Hohlfeld plötzlich laut schimpfen.

„En Turm könn mir uns ni leistn. Kee Wunder bei den Schafsköppen da oben in der Stadt!"

Kotsch kannte Hohlfeld. Er gehörte, wie sein Namensvetter der Buchdrucker, zu den Scharfmachern von 1848/49. Oftmals, besonders beim Bier, war er auf Krawall gebürstet. Man ließ ihn am besten links liegen. Diesmal bekam er aber Kontra vom Kaufmann Pohlank. Der wohnte schräg gegenüber. Sein Haus war im Januar abgebrannt. Er hatte es nahezu wiederaufgebaut und war heute mutig genug, Hohlfeld einen mitzugeben.

„Ja, ja immer auf die anderen! Wenn du deinen Arsch beim Arbeiten schneller bewegen und nicht so viel saufen würdest, könntest du ordentlich Steuern zahlen und schon hätten wir zwei Treppenstufen mehr für unseren Turm."

Empört krachte Hohlfeld seinen Bierkrug auf den Tisch.

„Das musst du Falschmünzer gerade sagen!"

Als die Streithähne aufsprangen und Kotsch gerade dazwischen gehen wollte, rief eine laute Stimme beschwichtigend:

„Aber meine Herren! Wegen des Turmes brauchen sie sich wirklich nicht schlagen. Wir werden bald einen bauen, verlassen Sie sich drauf!"

Ein neuer Anlauf

Der Ruf kam von einem der hinteren Tische des Restaurants. Dort saßen seit geraumer Zeit zwei intensiv diskutierende Herren. Zwischen ihnen lagen von oben bis unten bekritzelte Zettel. Die meistern der Anwesenden kannten sie. Ihre Gegenwart fand kaum Beachtung. Die Herren selber nahmen ebenfalls wenig Notiz vom Geschehen ringsum, so sehr waren sie in ihren Angelegenheiten vertieft. Erst als die Worte Stadt und Turm und kurz darauf Stühle rückwärts fielen, schreckten beide auf und der etwas vornehmer wirkende Herr versuchte zu beruhigen. Er hieß Carl Ferdinand Schmidt, war Kaufmann und wohnte im Haus Schlockwerder nebenan. Er hatte sich heute mit seinem Partner, dem Nadler und Kaufmannskollegen Julius Eduard Dehne, auf ein Bier verabredet. Sie wollten, bevor sie ein offizielles Schreiben an den Stadtrat richteten, noch einige Details zum Bau des Aussichtsturmes auf dem Löbauer Berg besprechen. Bereits im vorigen Jahr waren sie mit Advokat von Scheibner und Kantor Klose übereingekommen, die Turmfrage in die Hand zu nehmen. Doch Letztere waren enttäuscht und wollten nichts mehr mit der diffizilen Turmfrage zu tun haben. Also bleib die Sache jetzt an ihnen allein hängen.

Um zu wissen, in welchen Preisregionen sich ein eiserner Turm bewegen würde, schrieben Schmidt und Dehne verschiedene Gießereien an. Das Angebot des Hüttenwerkes Bernsdorf erschien ihnen lukrativ. Die dortige Direktion hatte sich schon im Vorfeld Gedanken um die Errichtung eines Aussichtsturmes aus Gusseisen gemacht. Sie konnten den Löbauern einen vom Modelleur Marquart entworfenen, filigranen achteckigen Turm präsentieren. Dieser war momentan zwar nur auf dem Reißbrett zu bewundern, schien aber eine praktikable und zum Steinbau vergleichsweise kostengünstige Lösung darzustellen. Die Vorteile lagen auf der Hand: Erstens, Löbau erhielte zuallererst in Europa einen eisernen Schauturm, was gut für die Besucherfrequenz war. Zweitens, die Hüttenwerke verzichteten auf jeglichen Gewinn. Der gusseiserne Turm in Löbau sollte nämlich als Vorzeigeobjekt dienen. Das Unternehmen gedachte, nachfolgend noch mehr Türme dieser Art zu verkaufen. Für den Turm, samt Unterbau und Transportkosten, veranschlagten die Bernsdorfer 5.000, höchstens 5.500, Taler und gewährten für alle Teile drei Jahre Garantie. Sogar einen geeigneten Standplatz hatten Schmidt und Dehne für den Turm gefunden. Stadtrat Auster war so freundlich, ihnen Holz für einen Steigbaum zuzuweisen. Mit dessen Hilfe fanden sie nicht weit vom Berghäuschen die Stelle mit der besten Rundumsicht. Bis hierhin war alles gut. Blieb nur noch zu klären, unter welchen Bedingungen sie das Vorhaben ausführen konnten.

Das Angebot wird konkret

„Darf es bei den Herren noch eine Kanne Bier sein?"
Friedrich Kotsch trat mit einer leichten Verbeugung an den Tisch, dankbar lächelnd für die eben erhaltene Unterstützung. Beide nickten, vertieften sich aber sogleich wieder in ihr Gespräch.
    „Julius, ich denke, wir sind uns einig."
Schmidt nahm einen der Zettel zur Hand.
    „Unser eigenes Kapital wollen wir nicht vollständig investieren. Gründen wir also eine Aktiengesellschaft."

Sie hatten verschiedene Möglichkeiten hin und her gerechnet und blieben bei dieser Variante hängen. Zur Finanzierung des Turmes wollten sie Aktien je zehn Taler das Stück verkaufen. Nach 25 Jahren hätte sich das Kapital der Anleger mit vier Prozent amortisiert und der Turm samt Zubehör könnte kostenlos an die Stadt gehen. Grundlage waren die geschätzten Eintrittsgelder. Höchstens 2 ½ Neugroschen sollte ein Aufstiegsbillett pro Person kosten. Darüber hinaus gedachten Schmidt und Dehne Dauerbilletts auf 25 Jahre für fünf Taler zu verkaufen. Ärmere bekämen Preisnachlass und dürften in Raten bezahlen.

„Wir machen der Kommune ein faires Angebot", resümierte Dehne.

„Und damit die Stadt sieht, dass wir nicht spekulieren oder gar betrügen, soll sie jederzeit Einblick in unsere Bücher haben!"
Schmidt pflichtete ihm bei, war aber der Meinung, man müsse von der Stadt auch ein gewisses Entgegenkommen fordern. Ein Standplatz auf 25 Jahre von zehn mal zehn Ruten, Steine fürs Fundament und Rüstholz müssten unentgeltlich dabei sein. Dehne ergänzte:

„Gleichfalls der Bau eines Weges, abzweigend von der bisherigen Strecke Honigbrunnen Berghaus."
Nachdem Schmidt und Dehne alles besprochen hatten, kamen sie überein, dass Carl Schmidt die Punkte zusammenfassen und einen Brief an den Stadtrat aufsetzen würde.

Die Zeit verging im Fluge, und als beide Männer sich umsahen, mussten sie feststellen, dass lediglich noch zwei Gäste außer ihnen im Raum saßen. Es war spät geworden. Kotsch kam heran, stellte drei Bierkrüge auf den Tisch und setzte sich zu ihnen.

„Trinken Sie noch ein Bier mit mir? Geht auf meine Rechnung. Wir müssen uns aber beeilen, denn die Lumpenglocke (Glocke, die die Polizeistunde angekündigt) hat schon geschlagen."
Leise, als dürfe es keiner hören, fragte Kotsch:

„Geht's nun endlich los mit dem Turm? Alle warten schon darauf."

„Diesmal wird's sicher klappen", versicherten Schmidt und Dehne wie aus einem Mund.

„Nächstes Jahr beginnt der Bau."

„Es ist nur so", Kotsch druckste ein wenig herum, „ich höre ja die Leute manches reden. Viele sagen so ein Turm aus Eisen wäre ungeeignet, er wäre bedrohlich und vielleicht nicht stabil genug".

„Richtig", Julius Dehne fiel bei dieser Bemerkung noch etwas ein.

„Carl du musst im Brief unbedingt erwähnen, warum ein Eisenturm bei Gewitter nicht gefährlich ist. Andere Stahlbauten auf der Welt sind Beweis dafür. Führe als Beispiel ruhig die Kuppel des Stephansdomes in Wien und den Kristallpalast in London an."

Der Gastwirt des Goldenen Schiffes war erleichtert und froh über diese guten Nachrichten. Ein bedeutsamer Abend ging zu Ende. Am 18. September 1853 ging das Schreiben von Schmidt und Dehne beim Stadtrat ein. Beschlüsse mussten schnell her, da das exklusive Angebot der Hüttenwerke Bernsdorf nur noch bis 20. November gültig war.

Der Stadtrat stimmt zu

Die Initiatoren brauchten sich nicht lange gedulden. Schon in seiner nächsten Sitzung fällte der Stadtrat in Sachen Turm konkrete Entscheidungen. Bürgermeister Hartmann bestellte Schmidt und Dehne am 30. September aufs Rathaus. Als sie ihm im Amtszimmer gegenübersaßen, hatten sie ein ungutes Gefühl. Hartmann wusste offensichtlich nicht, wie er anfangen sollte.

Er zögerte, räusperte sich – doch schlussendlich kam er ohne Herumreden auf den Punkt.

„Meine Herren, um es vorwegzunehmen, mit Ausnahme des Stadtrates Auster gestattet der Rat den Turmbau und akzeptiert im Wesentlichen Ihre Bedingungen. Jedoch will die Stadt den Turm nicht erst nach 25, sondern schon nach 15 Jahren in ihren Besitz nehmen."

Das war ein Hammer. Fassungslos schauten sich Schmidt und Dehne an. Damit hatten sie nicht gerechnet.

„Wir haben selber kalkuliert."

Hartmann gab ihnen das Berechnungsblatt.

„Dabei sind wir von höheren Besucherzahlen ausgegangen. Der Herren Stadträte sind der Meinung, unter diesen Voraussetzungen müsste das Baukapital nach 15 Jahren getilgt sein."

Er ließ seinen Gesprächspartnern eine Weile Zeit zum Überfliegen und fügte hinzu:

„Im Grunde trägt die Stadt das Risiko. Kommen die Investitionen nicht rein, zahlen wir nach 15 Jahren den Restbetrag an Sie in bar."

Carl Schmidt als auch Julius Dehne war klar, dass dies die Zinserträge, wenn sie nicht sogar völlig wegblieben, beträchtlich schmälern könnte. Wer kauft schon solche Aktien? Die Finanzierung stand auf wackligen Füßen, Ärger war vorprogrammiert. Dennoch willigten sie nach kurzem Überlegen ein. Nicht zuletzt, weil sie bei Absage um ihre Reputation in der Bevölkerung fürchteten.

Da es Karl Hartmann ähnlich ging, fiel ihm ein Stein vom Herzen. Er sicherte zu, vertraglich werden den Bauherren wie gefordert zehn Quadratruten Platz eingeräumt und auch ein Weg zum Turm wird zulasten der Stadt angelegt. Außerdem bekämen sie gratis Steine für das Fundament und die Erlaubnis, Wasserquellen auf dem Berg zu nutzen. Selbstverständlich möchte der Stadtrat jederzeit in die Buchführung einsehen und darüber hinaus ein Mitspracherecht beim Bau des Turmes haben. Was im Übrigen den Verkauf von Anteilsscheinen betrifft, hätte sich die Kommune im Voraus gern 50 Aktien gesichert. Damit wäre alles in bester Ordnung, Schmidt und Dehne hätten Letzteres ja selbst angeboten, meinte Hartmann.

„Eine große Bitte habe ich noch ..."

Als ob es um etwas Heiliges ginge, ermahnte Hartmann:

„Achten Sie mir beim Transport der Steine, des Materials, überhaupt bei allen Arbeiten, auf die Holzkultur!"

Schmidt und Dehne stimmten zu. Sicher doch, das wolle man auf alle Fälle tun.

„Wir brauchen allerdings Stämme für die Rüstung", gab Dehne zu bedenken.

„Der Bergförster wird Ihnen Stämme zuweisen. Nur behandeln sie diese schonend, damit wir das Holz später weiterverwenden können." Karl Hartmann holte mit bedeutsamer Geste eine Akte aus dem Schrank.

„Sehen Sie hier, meine Herren. Vor 100 Jahren war unser Berg beinahe kahl. Inzwischen haben wir es geschafft, über 1000 Hufen mit Bäumen zu bepflanzen. Darauf sind wir stolz. Wir wollen unseren schönen Berg als Erholungsareal aufbauen und erhalten – für uns und unsere Nachwelt. Noch dazu, wo wir bald einen eisernen Aussichtsturm unser Eigen nennen dürfen."

Am Ende der Unterredung waren sich beide Seiten einig. Hartmann wollte einen Vertrag aufsetzen, Schmidt und Dehne müssten ihn nur unterschreiben. Einem Aussichtsturm auf dem Löbauer Berge stehe danach nichts mehr im Wege. Nächstes Jahr, so die einhellige Meinung, würden die ersten Besucher bei schönem Sommerwetter den Turm erklimmen können. Die Stadtverordneten müssten dem Kontrakt allerdings noch zustimmen.

„Das aber dürfte, hinsichtlich der positiven Stimmung in der Bürgerschaft, lediglich eine Formalie sein."
Hartmann sprach's und verabschiedete seine Gesprächspartner gut gelaunt und erleichtert.

Die Formalie muckt auf

Die Stadtverordneten ließen sich mit ihrer Stellungnahme zum Turmbauvertrag bis zum 10. November Zeit. Dass Hartmann ihre Sitzung als Formalie ansah, hatte sich bereits herumgesprochen. Gleich am Anfang gab der Vorsitzende, Advokat Roitzsch, den Anwesenden zu verstehen, dass er diesem, wie er es ausdrückte, „haltlosem Konstrukt" in der gegenwärtigen Fassung keine Zustimmung geben werde.

„Wenn Bürgermeister und Stadtrat denken, wir sind so dumm und nehmen alles, was sie ausbrüten, formal hin, haben sie sich getäuscht", sagte Roitzsch mit provokantem Unterton.

Beifälliges Nicken bekräftigte seine Worte.

„Ich bin der gleichen Meinung", meldete sich Dr. Schrödter zu Wort.

„Ein einziger Stadtrat, nämlich Herr Auster, hat erkannt, dass unsere Kommunalverwaltung nicht nur Schmidt und Dehne, sondern allen potenziellen Aktienkäufern ein faules Ei ins Nest schiebt. Auster hat sich ausdrücklich von diesem Vertragsentwurf distanziert und lehnt jede Verantwortung für die Konsequenzen ab."

„Genauso ist es!"

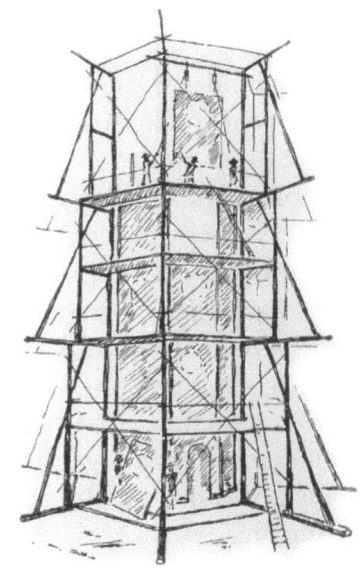

Gerüstkonstruktion für den Turmbau

Roitzsch informierte die Stadtverordneten ausführlicher. Auster hielte einen Aussichtsturm ohne Restauration für wenig rentabel. Auch wäre er der Meinung, die Laufzeit von 15 Jahren ist zu kurz für eine hinreichende Amortisation des Kapitals. Zugegebenermaßen bezahlt die Stadt nach 15 Jahren den Restbetrag, sollte das Grundkapital durch Einnahmen nicht getilgt sein. Von rentabler Verzinsung der Aktien wäre in diesem Falle jedoch nicht viel zu spüren.

„Also ich bin nicht so dumm und kaufe eins von den Schrottpapieren!" Der Abgeordnete Lippert schlug mit der flachen Hand auf den Tisch.

„Ebenso müsst Ihr Euch den § 9 des Vertrages mal genauer anschauen." Lippert hielt das Papier hoch und zeigte auf den Paragrafen, der nur aus einem, aber gewichtigen, Satz bestand.

„Eine Erhöhung des Baukapitals darf nicht stattfinden", las er betont vor.

Apotheker Brückner schüttelte bedenklich den Kopf.

„Listig und hinterhältig", murmelte er und sagte laut:

„Was machen denn die armen Teufel Schmidt und Dehne, wenn die Kosten steigen? Bei größeren Bauvorhaben ist das oft der Fall. Die

Stadt ist fein raus – braucht nach 15 Jahren nur den ursprünglichen Betrag auffüllen. Der Rest geht zulasten der Investoren!"

Die eingebrachten Argumente sorgten an diesem Abend noch für lange Diskussionen. Einige Stadtverordnete waren der Meinung, man solle alles so belassen. Letztendlich wären Schmidt und Dehne ja einverstanden und müssten wissen, worauf sie sich einlassen. Die überwiegende Mehrheit lehnte den Vertrag in dieser Form indessen ab. Es kam zur Abstimmung. vier Abgeordnete stimmten für, neun gegen den Kontrakt. Das solle aber nicht bedeuten, dass man gegen das Unternehmen Turmbau im Ganzen stimme. Lediglich der § 6, die Laufzeit betreffend, und der § 9 müssten verändert werden. Am darauf folgenden Freitagmorgen übergaben die Stadtverordneten Roitzsch, Lippert, Clauß und Brückner ihren Beschluss Bürgermeister Karl Hartmann.

Der Traum von einer schönen Aussicht – ausgeträumt?

Hartmann gedachte, die Abordnung gleich en passant in seiner Kanzlei abzufertigen. Er nahm das Schreiben, überflog es, stutzte, las gründlicher und knallte es dann wütend auf den Sekretär der Kanzlei. Er hatte Mühe, sich zu beherrschen und starrte die vier Stadtverordneten an.

„So wollt Ihr also unseren Turmbau kaputtmachen!"

Roitzsch antwortete ruhig:

„Nichts wollen wir kaputtmachen! Wir entscheiden als gewählte Vertreter der Bürgerschaft und setzen uns für deren Interessen ein. Wir sind mehrheitlich der Meinung, dass allein die Stadtverwaltung Vorteile aus der gegenwärtigen Fassung des Vertrages zieht. Zugunsten der Investoren fordern wir nur die Abänderung zweier Paragrafen. Das ist alles!"

Mit beiden Händen verärgert abwinkend, verschwand Hartmann wortlos in seinem Amtszimmer. Beinahe überschlugen sich jetzt die Ereignisse.

Am gleichen Tag suchte Roitzsch Carl Schmidt auf. Im Kontor des Schlockwerderschen Hauses berichtete er ihm brühwarm von der

Stadtverordnetensitzung und Hartmanns Reaktion darauf. Entgegen seiner Erwartung erschien Kaufmann Schmidt geradezu erleichtert.

„Da bin ich Euch sehr dankbar."

Herzlich schüttelte er die Hand des Advokaten.

„Wir haben uns noch einmal Gedanken gemacht und genau gerechnet. Dehne und ich sind zum Schluss gekommen, 15 Jahre können niemals aufgehen. Die haben uns schlicht überrumpelt. Wir haben uns über den Tisch ziehen lassen."

Schmidt verstand die sorgenvollen Blicke Roitzschs. Beruhigend fügte er hinzu:

„Wir ziehen jetzt Plan B aus der Tasche – lass Dich überraschen ..."

Noch übers Wochenende setzten Schmidt und Dehne ein erneutes Schreiben an den Stadtrat auf. Sie unterbreiteten nunmehr das Angebot, den Turm allein zu finanzieren. Die Stadt Löbau wäre damit gänzlich aus der Verantwortung und Risiken für Investoren fielen weg. Die Bedingungen blieben im Wesentlichen dieselben, nur forderten sie erneut die ursprüngliche Laufzeit von 25 Jahren. Danach könne die Stadt den Gusseisernen Turm für 2000 Taler kaufen oder sie würden ihn abreißen. Zudem wollten sie die Zusage, dass es in dieser Zeit niemandem gestattet sei, einen anderen Turm auf dem Berg zu errichten. Am Ende des Schreibens wiesen sie den Rat nochmals darauf hin, dass die Preisbindung seitens der Hüttenwerke Bernsdorf in kurzer Zeit abläuft. Danach wären die Verhandlungen wieder offen.

„Julius", sagte Schmidt, nachdem sie den Brief fertig hatten, „wenn wir in den nächsten Tagen zu keiner Einigung kommen, ist's aus und ich schmeiße alles hin"!

Immerhin, zur Ehre des Stadtrates, er reagierte schnell. Das sollte aber das einzig Positive sein, wie sich bald herausstellte. Die Herren des Rates, allen voran der Bürgermeister, luden Carl Schmidt und Julius Dehne für Dienstag, den 15. November, aufs Rathaus. Dort eröffnete Bürgermeister Hartmann beiden, man wolle auf ihr Angebot eingehen. Zur großen Enttäuschung standen aber plötzlich statt 25 die 15 Jahre wieder im Raum.

„15 Jahre Laufzeit und wir kaufen den Turm für 2000 Taler oder Sie lassen ihn abtragen", war Hartmann Offerte.

„Wir wollen Ihnen aber auch gern die Option auf 25 Jahre lassen", fügte Hartmann bei.

„Danach jedoch bekommen wir den Aussichtsturm unentgeltlich."

„Nein, nein, nein!"

Carl Schmidt war kurz davor die Beherrschung zu verlieren und fuchtelte aufgebracht mit den Armen.

„Da mache ich nicht mit, so eine Halsstarrigkeit! Unter diesen Konditionen bin ich aus dem Kontrakt raus!"

Dehne versuchte ihn zu beruhigen und wollte die Stadträte noch bewegen, wenigstens 20 Jahre Laufzeit und 2000 Taler zu gewähren. Doch es half alles nichts!

„Meine Herren, wenn Sie nicht annehmen", schloss der Bürgermeister lakonisch," tritt die Stadt vom Projekt Turm zurück".

Der Traum von einer schönen Aussicht auf dem Berge schien endgültig geplatzt.

Der Gusseiserne muss endlich her

Bürgermeister und Stadtrat hatten allerdings nicht mit der Reaktion der Löbauer gerechnet. Sie dachten offensichtlich noch in alten Strukturen. Wenn die Obrigkeit entscheidet, hat alles zu gehorchen. Doch in den letzten 25 Jahren war die Zeit nicht stehen geblieben. Die Leute wussten durchaus, dass Bürgerwille etwas galt und manches zu bewegen vermochte. Schnell war die Nachricht vom abgelehnten Turmbau durchgesickert. Viele vermuteten nicht zu Unrecht, dass der Rat Muskeln zeigen und Rache an der Entscheidung ihrer Bürgervertretung nehmen wollte. Auf den Gassen, dem Markt, in Geschäften und Wirtshäusern diskutierten die Löbauer heftig. Eindeutiger Tenor: Der eiserne Aussichtsturm muss endlich her! Stadtrat und Bürgermeister gerieten unter einen bisher nie gekannten Druck. Ihre Absicht, den Stadtverordneten eins auszuwischen, ging augenfällig nach hinten los.

Als Erste reagierten die Stadtverordneten selber. Unter vorgehaltener Hand erzählte man sich, dass es zwischen Hartmann und Roitzsch im Rathausfoyer zum offenen Schlagabtausch gekommen wäre. Gegenseitige Vorwürfe sollen lautstark hin und her geflogen sein. In ihrer formellen Resolution drückten die Stadtverordneten ihren Unmut hingegen höflicher, dennoch bestimmt, aus. Im Ergebnis ihrer Sitzung am 19. November bedauerten sie, dass der Stadtrat das Turmbauvorhaben hat fallen lassen, ohne sich vorher mit den Stadtverordneten in Verbindung zu setzen. Wieso, fragten sie, wird die faire Offerte Schmidt und Dehnes nicht angenommen? Sie baten den Stadtrat, die Verhandlungen mit beiden unverzüglich wieder aufzunehmen.

Am Abend zuvor saßen vier Männer bei einem Krug Bier beieinander. Der Stadtverordnete Lippert, der Branntweinbrenner Lättig sowie die Bäckermeister Grafe und Bretschneider. Wieder einmal war Freitag, wieder war es im Goldenen Schiff. Den Gastraum zum Bersten voll, hatte Friedrich Kotsch alle Hände voll zu tun. Mehr noch als vor zwei Monaten war der Aussichtsturm das Thema Nummer eins unter den Gästen. Und, als könnte es nicht anders sein, meldete sich wie beim letzten Mal der Nagelschmied Hohlfeld mit provozierenden Reden.
„Halt endlich Dein Maul, Du Sozialrevoluzzer!"
Bretschneider drehte sich zu ihm herum.
„Du kannst doch keinen Pfennig dazugeben. Außer flachen Thesen ist bei Dir doch noch nie was gewesen!"
Meister Bretschneider war ein durch und durch königstreuer Sachse. Die Wortführer der 1849er-Revolution, wie die beiden Hohlfelds, gingen ihm mächtig gegen den Strich. Dessen ungeachtet stand er zu Bürgerstolz und Engagement. Besonders wenn es um solch wichtige Entscheidungen wie den Bau eines Aussichtsturmes ging. Wie die meisten hier wusste auch er, welche Anziehungskraft ein derartiges Bauwerk ausüben könnte. Nicht allein auf dem Berg, ebenso würden die Kassen der Geschäftsleute in der Stadt klingeln. Obwohl er bisher nichts mit dem Bauvorhaben zu tun hatte, war er gern bereit, sich mit Wort und Tat dafür einzusetzen. Deshalb saß er heute Abend hier.

„Die Bürgerschaft muss direkt beim Rat protestieren", beschwor Lippert nach dem hohlfeldschen Intermezzo seine Tischgenossen.

„Wir als Stadtverordnete erheben unsere Stimme, nur ich fürchte, das reicht nicht!"

Die vier Männer redeten, überlegten und kamen zum Schluss, schnellstens ein Bürgerkomitee zu bilden. Noch am Wochenende wollten sie umhergehen und Leute gewinnen, die bereit waren eine Petition an den Stadtrat zu unterschreiben. Lange mussten sie nicht suchen und so schrieben sie schon am Montag einen Brief. In ihm verwiesen sie nochmals auf den hohen Nutzen, den ein solches Bauwerk der Stadt bringen würde. Als Beispiel nannten sie den vor ihrer Nase liegenden Turm auf dem Czorneboh.

„Hochachtungsvoll verharrend", baten sie den Stadtrat zum Schluss *(original Zitat):*

„diesen Gegenstand noch einmal der Erwägung zu unterziehen und die Verwirklichung dieser Idee, so lange der Commun nicht unverhältnißmäßige Opfer zugemuthet werden, nach möglichsten Kräften zu unterstützen."

Der Retter in der Not

„Meine Herren, unsere Entschließung ist Ihnen bekannt?" Bürgermeister Karl Hartmann legte die Deklaration des Stadtrates auf den Schreibtisch.

In Folge ihrer Eingabe war eine Abordnung Löbauer Bürger für heute, Montag den 28. November, aufs Rathaus geladen. Unter ihnen der Seifensiedemeister Kneschke, Grafe, Bretschneider und Lättig. Im Grunde war Hartmanns Frage überflüssig. Alle im Raum wussten, worum es ging. Ohne lange zu stocken, redete er weiter:

„Selbstverständlich sind wir weiterhin bereit, im Rahmen unserer Bedingungen den Turmbau zu unterstützen. Wohlgemerkt: zu unterstützen! Eine Finanzierung seitens der Kommune kommt derzeit nicht infrage. Zu stark sind wir an andere Vorhaben, zum Beispiel den Schulneubau, gebunden."

Gespannt fragte Hartmann:

„Welche Vorschläge können Sie denn unterbreiten?"

Was folgte, war Schweigen. Die Männer wussten für den Moment nicht, was sie antworten sollten. Kurz bevor sie ins Rathaus gingen, waren sie noch einmal bei Julius Dehne gewesen. Sie wollten ihn umstimmen, ihn zum Weiterverhandeln bewegen. Der schüttelte allerdings mit dem Kopf.

„Nee mit mir nicht mehr! Vielleicht finden sich andere. Ich mache das nicht! Jedenfalls nicht allein und nicht zu den Konditionen!"

Carl Schmidt war definitiv ausgestiegen und den Männern blieb nichts anderes übrig, als ohne Initiator und Geldgeber beim Bürgermeister zu erscheinen.

Nach einer Pause entschuldigte sich Kneschke:

„Schmidt und Dehne sind nicht mehr bereit zu verhandeln. Es tut uns leid, wir wissen augenblicklich nicht weiter."

Hartmann resigniert:

„Na dann ..."

Er hielt inne und lauschte, denn auf einmal steckten die Männer ihre Köpfe zusammen. Sie sprachen mit gedämpfter Stimme. Nur einzelne Worte drangen zu ihm herüber:

„Zusammenlegen ... Aktien ausgeben ... nein ... zu riskant ... einer muss ... wer wenn nicht wir ..."

Dann, nach einigen Minuten, dankbares Nicken in der Runde.

So plötzlich, wie sie angefangen hatten, saßen die Männer wieder aufrecht. Bretschneider stand langsam auf. Merklich angespannt, aber entschlossen, verkündete er:

„Ich finanziere den Turm allein. Und zwar mit Vorbehalt zu den Bedingungen, welche der Stadtrat zuletzt Schmidt und Dehne angeboten hatte. Das heißt: Fertigstellung im nächsten Jahr, 15 Jahre Laufzeit, danach werden 2000 Taler fällig oder ich reiße den Turm ab."

Perplex starrte Hartmann seinen Protokollanten, Stadtrat Blume, an. Der indes schrieb scheinbar unbeeindruckt weiter. Nur das Kratzen seiner Feder war zu vernehmen. Hartmann hatte den Turm eigentlich abgeschrieben. Langsam wich jedoch die Überraschung und Freude überzog sein Gesicht. Da der Bürgermeister zunächst keine Worte fand, war es Bretschneider, der weitersprach:

„Ich weiß, das Vorhaben verlangt von meiner Familie und mir große Opfer. Doch ich vertraue auf Gott und rechne mit der Unterstützung von Stadt und Bürgerschaft. Ich werde erneut mit den Hüttenwerken Bernsdorf verhandeln und anschließend dem geehrten Stadtrat meine Offerte schriftlich übergeben."

Die ersten Gäste kommen

An einem Sonnabend, drei Jahre und zwölf Tage nach dem Spaziergang der Familie von Scheibner, standen wieder zwei Männer auf dem Gipfel des Löbauer Berges. Diesmal waren es der Branntweinbrenner Karl Lättig und der Bäckermeister Friedrich August Bretschneider. Wie damals war es bitterkalt und der Berg mit tiefem Schnee bedeckt. Bretschneider atmete tief in die kalte, klare Winterluft. Versonnen blickte er um sich und konnte es immer noch nicht fassen. Er sollte es also sein, der den Löbauern den Wunsch nach einem Aussichtsturm erfüllte. Ausgerechnet er, der sich vorher lediglich mit Worten an den Bergdiskussionen des Volkes beteiligte. Als Mitte November im Goldenen Schiff eine Bürgerinitiative ins Leben gerufen wurde, hat er ohne größere Absichten zu verfolgen einfach mitgemacht. Und jetzt steht er hier, von Gott bestimmt, mit einer riesigen Verantwortung beladen.

„Was hilft´s", dachte er bei sich.

„Einer musste es machen. So ein Turm ist gut fürs Geschäft und auch für die Seele. Je weiter der Blick, desto freier das Herz."

„Bald müssten die Ersten kommen", unterbrach Karl Lättig ihn in seinen Gedanken.

„Ja Du hast recht!"

Vertieft hatte Bretschneider beinahe vergessen, warum sie heute hier oben standen. Lättig hatte mit den Jüngsten der Stadt eine Ziegelaktion angezettelt. Sie sollte quasi der Startschuss zum Turmbau sein. Dazu durften die Kinder Ziegelsteine auf Schlitten von der sogenannten Mengerei zum Bauplatz ziehen. Eine schöne Schinderei, doch die Kinder waren Feuer und Flamme, konnten den Tag kaum erwarten.

„Kinder sind unsere besten Zeugen", meinte Lättig.

„Gerade sie werden in 30, 40 oder sogar 60 Jahren ihren Nachkommen vom Bau des gusseisernen Turmes erzählen. Stolz können sie dann sagen: Wir haben die ersten Ziegel hochgefahren!"

Die heute „anzuliefernden" Ziegel waren allerdings nicht direkt für den Turm, sondern für ein Gasthaus bestimmt. Ursprünglich war dessen Bau nicht geplant, doch Bretschneider hatte gründlich gerechnet. Dabei dämmerte ihm, warum Schmidt und Dehne bei einer Laufzeit von 15 Jahren mit Verlusten rechnen mussten. Auster hatte es als einziger Stadtrat erkannt: Ein Turm ohne Restauration ist nur ein halber Turm. Für Bretschneider stand jetzt fest, dass die Rechnung nur mit einem danebenliegenden Wirtshaus aufgehen konnte. Damit bekam auch er seinen obligaten Streit mit dem Stadtrat. Erst wollten die Herren ihm kein Wirtshaus genehmigen, dann doch, aber es sollte nach 15 Jahren kostenfrei an die Stadt gehen. Letztendlich hatte sich Bretschneider durchgesetzt. Er durfte bauen und die Stadt versprach, ihm nach Ablauf der Konzessionszeit Turm und Gaststätte für zusammen 2500 Taler abzukaufen.

In der zweiten Nachmittagsstunde schien es so weit zu sein. Lauter und lauter kroch Kindergeschrei den Berg hinauf. Endlich sahen Lättig und Bretschneider die ersten „Fuhrleute" durch den Wald keuchen. Immer zwei bis drei pro Schlitten, zogen und schoben sie, was das Zeug hielt. Jede „Besatzung" wollte Sieger sein.

„Hier herüber, hier herüber",Lättig wies den Kindern mit erhobenem Arm den Weg.

Er griff in seinen prall gefüllten Geldsack und zahlte ihnen pro Ziegel einen Pfennig. Nebenan, bei den Frauen Lättig und Bretschneider, gab es für jeden eine große Semmel und Kaffee. Höher und höher wuchs der Ziegelhaufen. Der Platz an dem noch nicht vorhandenen Gusseisernen

Turm füllte sich zum ersten Mal mit Leben. Ein Bild für die Götter: Überall standen und hockten Kinder mit vollen Backen, plappernd und lachend. Ihre Kleider dampften, die Gesichter abgekämpft aber glücklich. Bretschneider war gerührt und vom Anblick überwältigt.

„Das sind sie also, die ersten Besucher meines Turmes!"

Als die Frauen zu ihm schauten, meinten sie sogar, Freudentränen in seinen Augen zu erkennen.

Bretschneider ahnte in diesen Stunden, dass das 1854er Jahr wohl das Jahr seines Lebens werden würde. Er ahnte ebenso, dass auf ihn noch Ärger und manch zusätzliche finanzielle Belastung zukommen wird. Was er in seinen kühnsten Träumen jedoch nicht voraussehen konnte, ist die über 160 Jahre andauernde Anerkennung seiner Arbeit durch die Löbauer. Sie sind ihm dankbar für sein Engagement und seinen Mut. Friedrich August Bretschneider hat der Stadt ein in Europa, vielleicht sogar ein in der ganzen Welt, einzigartiges Bauwerk geschenkt.

Du Mann, der Du von Eisen willst erbauen,
Hier einen Thurm, um weit hinaus zu schauen,
In´s schöne, fleiß´ge, sagenreiche Land,
Ich drücke dankbar Dir im Geist die Hand!

(Zeitgenössische Dichtung, Autor unbekannt)

Falschmünzer und Einfaltspinsel

ooooo

Das Jahr 1845 war erst zwei Monate alt, da schüttelte ganz Löbau den Kopf und lachte über eine kaum zu toppende Kriminalgroteske. Noch über Jahre erzählten Eltern ihren Kindern davon. Heute ist sie im Sand der Geschichte versickert. Schade eigentlich, haben doch die Beteiligten lange Zeit vom Volk einen Stempel aufgedrückt bekommen. Parallelen zur Gegenwart sind, was Behördenwillkür und menschliche Einfalt anbelangen, nicht gänzlich auszuschließen. Ihren Ausgangspunkt nahm die Story in den Häusern der Familien Pohlank und Protze. Sie standen Wand an Wand nebeneinander. Wer heute am Altmarkt 10 vor der Passage zur Teichpromenade steht, kann sie nicht mehr sehen. Die alten Gebäude sind beim Stadtbrand 1853 zerstört worden. Aber genau an diesem Ort hat sich alles abgespielt.

Löbau, Freitag 21. Februar 1845

Haus Altmarkt 10

Eben war Gendarm Ulbrich nach verdientem Feierabend in seiner Wohnung angekommen, da klopfte es. Außer Atem stand ein Junge vor der Tür und meldete: „Herr Gendarm, der Strumpfwirker Protze an der Badergasse schickt mich. Sie möchten bitte schnell kommen. Ich glaub, bei ihm tut's scheechn (spuken)."

Ulbrich passte das gar nicht.

„Ja ja es scheecht – wahrscheinlich bei Euch im Koppe", murmelte er in seinen Bart.

Aber was hilft's, er war immer im Dienst. Also Uniformrock wieder an, Tschako auf, den Säbel angeschnallt und ab über den Markt zu Protzes. Zum Glück hatte er es nicht weit.

Am Haus angekommen, hämmerte der gegen die Tür. Der Hausherr öffnete und führte ihn direkt Parterre in ein Zimmer an der Hofseite. Es gehörte zum kleinen Logis des Tischlermeisters Leonhardt. Der saß beim Eintreten des Gendarmen am Tisch. Mit ihm ein anderer Mieter des Hauses, der Maler Fischer. Man wünschte sich in Ehrerbietung einen schönen Abend und ohne Umschweife fing Protze an, sich zu beschweren:

„Herr Gendarm, bei uns klopft und pocht es in einem fort. Besonders des Nachts, sodass meine Mieter kaum noch schlafen können."

Die Zwei am Tisch pflichteten ihm bei und Tischler Leonhardt ergänzte:

„Es scheint von unten aus dem Keller zu kommen."

Und Fischer:

„Manchmal derart stark, dass ich es bei mir eine Treppe hoch noch höre!"

Damit er es auch hören könne, hob Ulbrich Ruhe gebietend die Hand, doch es blieb still.

„Jetzt ist freilich nichts", meinte Leonhardt, „aber kommen Sie mal um die Geisterstunde"!

Der Gendarm lachte spöttisch.

„Ha, meint Ihr wirklich es spukt?"

Die drei Männer drucksten herum.

„Na ja, vielleicht ist's ja der alte Knobloch als Wiedergänger, wie es die Alten ab und an erzählen."

Schließlich fasste sich Leonhardt ein Herz und platzte heraus:

„Ich glaube eher, es wird Geld gemacht."

Überrascht und ungläubig blieb Ulbrich der Mund offenstehen.

„Ich war mal in einer Münze und weiß, wie Geldstücke hergestellt werden", erzählte Leonhard.

Beim Pochen habe er auch ein Abrollen gehört. Genauso eben, wie eine Münze abgerollt werde.

„Die Pohlanks sind Falschmünzer", da war sich Leonhardt sicher.

„Gut", meinte Ulbrich, „ich werde der Sache auf den Grund gehen". Er verdonnerte die Anwesenden zum Schweigen und versprach morgen wiederzukommen.

„In der Nacht vom Sonnabend zum Sonntag werde ich mich selber überzeugen!"

Löbau, Sonnabend 22. Februar 1845

Gendarm Ulbrich hatte sich vorgenommen, um elf Uhr abends in Protzes Haus aufzulaufen. Jedoch schon gegen zehn Uhr kam Leonhardt aufgeregt angerannt.

„Kommen Sie schnell Herr Gendarm ...verpassen Sie nichts, es hat wieder angefangen!"

An Protzes Haustür fiel Ulbrich auf, dass im ersten Stockwerk des pohlankschen Hauses in drei Fenstern noch Licht brannte. Sollte im Keller das schändliche Handwerk des Münzfälschens betrieben werden, konnten momentan nicht alle Hausbewohner daran beteiligt sein. Im Grunde war ihm die Sache suspekt. Er wusste, die Pohlanks, die hier als Großfamilie zusammenlebten, galten als ehrsame Leute. Das traf auf die Alten als auch deren Sohn und die Tochter mit ihrem Mann zu, wobei letztere Fischer hießen. Dazu kamen ein Dienstknecht, ein Dienstmädchen und der Lehrbursche. In ihrem Laden verkauften sie Spiritus und Branntwein. Auch in dieser Beziehung ließen sie sich bisher nicht das Kleinste zuschulden kommen. Allerdings war die menschliche Seele unergründlich und manchmal auf Abwegen, das kannte der Gendarm nur zu gut.

In Leonhardts Behausung angekommen, hörte Ulbrich zunächst nichts. Dann einen Schlag, Pause, darauf drei kurze Schläge hintereinander: klirr, klirr, klirr. Es hörte sich an, als wenn Metall auf Metall käme.

„Das ist heute gar nichts", versicherten Leonhardt, Fischer und Protze. „Sonst sind die Schläge nagelnder und lauter."

Woher die Geräusche kamen, konnte Ulbrich nicht bestimmen. Irgendwie von Pohlanks Seite, gleichwohl mehr von unten aus dem Keller.

„Seltsam", der Gendarm hielt sein Ohr an die Wand.

Wiederholt waren in unregelmäßigen Abständen verdächtige Töne vernehmbar. Ulbrich meinte bisweilen, unter ihnen irgendetwas Schwirrendes, metallisch Schleifendes auszumachen. Er lief im Haus umher, ließ die Keller aufschließen, bemerkte jedoch nichts Verdächtiges. Um zwei Uhr morgens gab er auf und verabschiedete sich mit der Bemerkung, gleich morgen früh beim Bürgermeister Meldung zu erstatten.

Löbau, Montag 24. Februar 1845

Pünktlich wie immer um 8 Uhr standen Löbaus zwei Polizeibedienstete zum Rapport bei Bürgermeister Friedrich auf der Teppichkante. Als Erster war Polizeidiener Joseph Jochim an der Reihe. Er hatte vom Wochenende nichts Außergewöhnliches zu berichten. Außer, dass am Sonnabend beim Branntweinbrenner Müller in der Eichelgasse zu später Stunde eine Rauferei stattfand. In deren Ergebnis habe er den vermeintlichen Verursacher ins Stockhaus gesperrt. Dann kam Carl Gottlieb Ulbrich an die Reihe. Er verursachte mit seinem Bericht höchstes Aufsehen.

„Donner und Doria", Friedrich schlug die Faust auf den Tisch.

„Falschmünzer in unserer Stadt, das ist freilich ein Fall von höchster Priorität."

Er konnte sich zwar ebenfalls nicht vorstellen, dass ausgerechnet die Familie Pohlank involviert sein soll. Doch egal, hier müsse sofort,

102

und ohne Ansehen der Personen, ermittelt werden. Da Jochim auch noch seinen Klacks Senf dazugeben wollte, vermeldete er, es schon immer gewusst zu haben: Als nämlich die Pohlanks vor vier Jahren nach Löbau kamen, waren sie arm wie die Kirchenmäuse. Sie mussten sich sogar mit ihren Gläubigern herumstreiten. Jetzt gehörten sie zu den reichsten Bürgern der Stadt. Das könne doch nicht mit rechten Dingen zugehen.

„Na sehen Sie meine Herren, da haben wir´s", donnerte Friedrich. Sogleich wies er Ulbrich an, ihm noch heute Vormittag den Strumpfwirker Protze, den Tischler Leonhardt und den Maler Fischer zur Befragung aufs Rathaus zu bringen. Auf die Frage Ulbrichs, ob man nicht auch die Pohlanks anhören müsste, antwortete Friedrich:

„Sind sie noch bei Trost, damit würden wir sie nur warnen und die könnten alle Utensilien und Beweise in Ruhe verschwinden lassen."

Nach Ansicht Friedrichs war aus allen Aussagen die des 32-jährigen Carl Gottlob Leonhardt am wertvollsten. Selbiger entpuppte sich als freimütige Plaudertasche. Sichtlich stolz, bei der Aufklärung eines Verbrechens im Mittelpunkt zu stehen, waren seine Schilderungen oft weit hergeholt und aufgeblasen. Friedrich schien das egal, denn Leonhardts Angaben spielten ihm direkt in die Hände. Leonhardt gab an, seit Michaelis 1842 bei Protze zu wohnen. Damals wäre seine Mutter noch bei ihm gewesen. Seit er verehelicht sei, wäre sie zu seiner Schwester nach Polen gezogen. Schon die Mutter habe seltsame Geräusche im Haus vernommen. Sie meinte, es spuke und blieb nicht gern allein in der Kammer. Auf die Frage, wann er was und wie konkret wahrnehme, gab er an:

„Richtig begonnen hat alles, seitdem der pohlanksche Schwiegersohn im Haus lebt. Manchmal lärmt es am Tage, hauptsächlich jedoch in der Nacht. Meine Frau weckt mich meistens."

Harte metallische Schläge wären dann zu vernehmen. Fensterscheiben zitterten und bisweilen fiele Kalk von den Wänden. Vereinzelt höre es sich an, als würden Zahnräder ineinandergreifen, andermal, als schütte jemand Glasscherben oder Geld auf den Boden.

„Einmal, Herr Bürgermeister, habe ich mein Ohr auf die Dielen gelegt und tatsächlich Schritte gehört. Darauf ging ich in den Keller, bemerkte aber nichts. Außer, dass die Schläge und Schritte jetzt von oben zu kommen schienen."

Wichtigtuerisch brachte Leonhardt seine Beobachtungen auf den Punkt.

„Wie ich's dem werten Herrn Gendarm schon erzählte. Ich habe ein wenig Ahnung vom Geldprägen. Ich kann es mir nicht anders erklären: Hier sind Falschmünzer am Werk! Nur müssen diese ihr kriminelles Tun in einem verborgenen Keller ausführen, sonst hätte ich sie längst gestellt!"

Zufrieden streichelte Bürgermeister Friedrich seinen Bart.

„Und sagen Sie Leonhardt, ist Ihnen an den Pohlanks etwas Verdächtiges aufgefallen?"

Aber klar – das war ihm! Er musste nur kurz überlegen, dann fielen ihm beispielsweise die Hände von Pohlanks Sohn ein. Diese wären grob, besonders die Rechte wäre mit Hornhaut überzogen. Für einen Kaufmannssohn höchst ungewöhnlich – oder? Gleichermaßen verdächtig, dass die Pohlanks ihren Laden später als alle anderen Krämer aufmachten – und das obendrein mit verschlafenem Gesicht! Jedenfalls sei ihm das so vorgekommen, gab er zu Protokoll.

„Ach und der Kostmann", das fiel Leonhardt zum Schluss noch ein, „der Kostmann war bis voriges Jahr bei Pohlank angestellt. Er sagte mir zum Abschied: Wenn er auspacken täte, würden die Pohlanks ein ganzes Leben an ihn denken. Geheimnisvoll sagte Kostmann noch zu mir: Vom Verräter frisst kein Rabe".

Was damit gemeint war, hätte er damals nicht gewusst. Nach den neuesten Ereignissen ließe das aber tief blicken.

Aus diesem Verhör, wie aus denen der anderen Zeugen, erhärtete sich bei Friedrich der Verdacht, es könne sich in der Tat nur um Falschmünzerei handeln. Dagegen sprach, dass in Löbau bis dato kein Falschgeld aufgetaucht war. Wie er aber gehört hatte, waren in Zittau nachgemachte Zollbleie aus Böhmen und in Sagan falsche preußische Taler aufgetaucht. Immerhin: Die Pohlanks kamen als Kaufleute viel herum. Nicht auszudenken sein Ruhm, wenn er die Fälscherbande in Löbau dingfest machen könnte.

„Höchste Gefahr im Verzug", entschied Friedrich deshalb und ließ zum Angriff blasen.

Auf eigene Kappe bereitete er eine Hausdurchsuchung vor. Warten wollte er nicht, da er befürchtete, die Pohlanks bekämen Wind von der Sache. Zur Sicherheit waren alle zum Stillschweigen verdonnert. Doch Löcher gab es immer. Zum Beispiel die Protzesche Ehefrau. Sie war stadtbekannt, wie Friedrich es vornehm ausdrückte, „ihres Mundwerks nicht ganz Meisterin zu sein". Da ihm für derartige Aktionen nicht genügend Personal zur Verfügung stand, schrieb er gleichen Tags an die Landespolizei in Dresden und bat um schnellstmögliche Unterstützung.

Löbau, Donnerstag 27. Februar 1845

Bürgermeister Friedrich musste nicht lange warten. Am Nachmittag kam die Polizeitruppe unter Leitung des Obergendarmen Klein in Löbau an. Friedrich, voller Tatendrang, wollte am liebsten gleich in den späten Abendstunden die Hausdurchsuchung beginnen. Klein belehrte ihn eines Besseren.

„Wenn wir heute Nacht beginnen, werden wir keinen Erfolg haben", warnte er.

„Da Türen und Fenster zugesperrt sind, haben die Delinquenten Zeit, alles Verdächtige in Ruhe zu beseitigen."
Obergendarm Klein machte ihn außerdem mit der seit Neuestem bei Razzien angewandten Taktik bekannt.

„Wie ein Überfall muss es aussehen!"
Der Obergendarm ließ den Stadtplan vor sich ausbreiten.

„Wir postieren unsere Leute hier vor dem Hauseingang, vor der Ladentür und im Hof. Nach dem Öffnen stürmen wir und trennen augenblicklich alle Hausbewohner voneinander. Sie dürfen keine Gelegenheit haben, auch nur ein Sterbenswörtchen miteinander zu reden."

Friedrich war mit dem Vorgehen einverstanden und verschob die Maßnahme auf den nächsten Morgen. Langsam jedoch beschlich ihn ein mulmiges Bauchgefühl.

Löbau, Freitag 28. Februar 1845

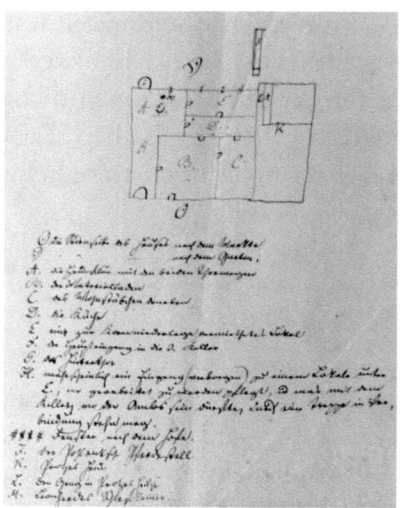

Lageskizze zur alten Hausanlage Altmarkt 10

Friedrichs Bauch sollte recht behalten. Noch vor sieben Uhr in der Früh schlich die Polizeimannschaft, darunter seine zwei Hanseln, an der Südseite des Marktes entlang. Sie bemühten sich, an der Hauswand zu bleiben, um aus Pohlanks Fenstern nicht gesehen zu werden. Straßen und Gassen lagen noch im Halbdunkel, doch die Stadt war längst erwacht. So sehr der Bürgermeister hoffte, sein Unterfangen würde nicht auffallen, so sehr wurde er enttäuscht. Abrupt blieben drei Handwerksburschen stehen:

„Hehehe, was geht denn hier los", riefen sie und pfiffen.

Nach und nach taten sich Fenster und Türen auf. Die Leute gafften, einige betraten den Markt. So etwas erlebte man in Löbau selten!

„Was wollen die beim Pohlank?"

Die Leute sahen sich verdutzt an.

„Falschgeld soller machen", wusste einer.

Ein anderer zeigte mit dem Finger an seine Stirn:

„Der Pohlank … Falschgeld … wer kommt denn auf so eine Idee?"

Wie dem auch sei, was die Leute auch sagten, an diesem Tag gab es auf dem Löbauer Markt ein außerplanmäßiges Drama zu sehen. Hauptdarsteller waren der Bürgermeister, die Polizei und die Pohlank'sche Familie.

Nichts ahnend und neugierig von der Unruhe draußen aufgescheucht, schloss die Tochter Pohlanks den Laden auf. Weil eher als gewohnt, war ihr Schock umso größer, als plötzlich fremde Männer herein polterten und sie grob zur Seite stießen.

„Hilfe, Überfall, Hilfe", schrie und quietschte die Fischern wie am Spieß.

„Ruhe zum Donnerwetter",brüllte seinerseits Obergendarm Klein.

„Hiermit sind alle arretiert!"

Er stand mitten im Laden und fuchtelte mit erhobenem Säbel in der Luft herum. Als die Fischern mitbekam, dass es sich um Gendarmen handelt, schlug ihre Stimmung um. Bestürzt stammelte sie:

„Aber wir haben nichts gemacht ... wir sind doch unbescholtene Bürger ... was in Gottes Namen wollen Sie von uns?"

Nachdem sämtliche Bewohner im Hausflur zusammengetrieben waren, trat Bürgermeister Friedrich hinzu. Er hatte die unter Gejohle der Bevölkerung stattgefundene Erstürmungsszene von draußen verfolgt. Jetzt verkündete er von Amts wegen:

„Sie sind alle verhaftet! Sie werden der Falschmünzerei beschuldigt."

Da im Stockhaus lediglich ein Gefangenenstübchen frei war, brachte man nur den Dienstknecht dorthin. Die Mutter, die Fischerin, den Lehrburschen sowie das Dienstmädchen sperrten die Gendarmen unter Aufsicht in verschiedene Zimmer. Den alten Pohlank und seinen

Löbauer Altmarkt

Schwiegersohn hingegen brachte Friedrich persönlich, begleitet von Ulbrich, aufs Rathaus. Äußerst unangenehm, denn inzwischen hatte sich der Markt mit noch mehr Menschen gefüllt. Bestürzte Gesichter, böse Bemerkungen und Gelächter machten den Gang zum emotionalen Spießrutenlauf.

Den gesamten Tag über waren Polizei und Hilfskräfte damit beschäftigt, das pohlanksche Anwesen genauestens unter die Lupe zu nehmen. Sie durchsuchten alle Zimmer und krempelten Truhen sowie Schränke um. Geld fanden sie allerdings nur in üblichen Mengen, vor allem aber kein Falsches. Ebenso stiegen die „Fahnder" in Keller, durchleuchteten Gänge sowie Nischen und klopften alle Wände ab. Doch sie fanden nichts – absolut nichts! Am späten Nachmittag kam einer auf die Idee, in Protzes Flur ein Loch zu graben. Es könnte ja sein, die Pohlanks hätten einen geheimen Keller gegraben. Indes – auch dieses Unterfangen erwies sich als aufwendig inszenierter Flop.

Weil Friedrich seine Felle davonschwimmen sah, nahm er sich auf dem Rathaus den alten Pohlank vor. Der bestritt vehement, in seinem Hause Geld zu fälschen. Woher der Krach käme, wisse er genauso wenig, wie Protze und Leonhardt. Im Übrigen zeigte er sich empört und schimpfte:
„Eine Schweinerei ist das, Herr Bürgermeister! Der Protze, der vermaledeite Kerl, will mir nur eins auswischen! Was die Leute über mich denken, ist mir egal. Ich bin unschuldig, basta!"
Vor Ärger lachte er bitter und fügte leichtsinnig hinzu:
„Außerdem, was ist am Geldmachen so schlimm? Wenn's den gesetzlichen Wert hat, ist's doch egal, wer's macht – oder?"
Diese Aussage wertete Friedrich als Geständnis, sein Lachen als Provokation. Er ordnete an, Pohlank und seine Familie über Nacht in Gefangenschaft zu behalten. Auf die Bemerkung Pohlanks, er sei schon alt und könne doch hier nicht auf dem Fußboden schlafen, setzte Friedrich noch einen drauf. Er ließ Pohlanks Bett quer über den Markt ins Rathaus tragen. In Windeseile sprach sich der Vorgang herum. Jetzt lachte ganz Löbau. Friedrich, offensichtlich auf beiden Augen blind,

wollte einfach nicht wahrhaben, dass er sich immer mehr verrannte.

„Jetzt werden wir es sehen", sagte er zu Ulbirch und Jochim, „kommende Nacht beziehen Sie beide Position in Leonhardts Behausung. Ich verwette mein Kopf, Sie werden kein Klopfen mehr hören. Die Falschmünzer sind ja eingesperrt"!

Löbau, Sonnabend 1. März 1845

Die Mitternachtsstunde hatte sich längst verabschiedet. Bürgermeister Friedrich schien recht zu behalten. Bisher drang nicht das leiseste Geräusch durch die Wände. Der Gendarm Ulbrich und Polizeidiener Jochim saßen befehlsgemäß in Leonhardts Stube. Sie waren, der Stille geschuldet, mit dem Kopf auf dem Tisch in süße Traumwelten entschwunden. Plötzlich weckte sie Leonhardts Ehefrau. Gegen drei Uhr gab es zwei laute Schläge. Jetzt hieß es, wach bleiben! Und richtig, eine Dreiviertelstunde später tönten noch einmal drei Schläge und so ging es bis zum Morgen weiter. Die Polizisten hielten ihr Ohr an die Wand, liefen abwechselnd in den Flur, auf den Hof und in den Keller. Diesmal glaubten sie, die Richtung zu erkennen. Die Schläge kamen aus dem Pferdestall im Hof. Die Ursache konnten sie nach Betreten des Stalles jedoch nicht ausmachen. Jedes Mal, wenn sie die Tür öffneten, war Ruhe. Ein Pferd stand und schaute sie unschuldig an, zwei lagen friedlich in ihren Boxen. Kurz nach fünf Uhr hatten Gendarm und Polizeidiener genug von dem Versteckspiel. Sie verließen das Grundstück und legten sich im Rathaus noch zwei Stunden aufs Ohr. Pflichtschuldig erstatteten sie dem Bürgermeister nach dessen Eintreffen Meldung. Misstrauisch hörte Friedrich ihren Rapport.

„Was … wieso Geräusche …irren Sie sich auch nicht?"
Die Verwirrung stand ihm ins Gesicht geschrieben. Mit Grausen sah er eine katastrophale Niederlage auf sich zukommen. Friedrich versuchte dennoch, Haltung zu bewahren.

„Was für Pferde?"
Er sah die Polizisten argwöhnisch an.
„Ich meine, wem gehören die?"

Ulbrich und Jochim hatten mit der Frage gerechnet und vorsorglich Leonhardts gefragt.

„Das eine Pferd, der Fuchs, gehört dem alten Pohlank, die zwei anderen seinem Schwiegersohn."

„Gut, gut meine Herren. Das war's!"

Kurz angebunden schickte er Ulbrich und Jochim weg und ließ sich vom Ratsdiener den pohlankschen Eid am, Wilhelm Fürchtegott Fischer, vorführen.

Fischer protestierte gleich beim Eintreten über die unglaubliche Behandlung und darüber, dass er bisher nicht angehört wurde.

„Ich bin ein ehrlicher Mann", gab er Friedrich unmissverständlich zu verstehen.

„Ich besitze in Boxberg eine Mühle und wohne erst seit dem vorigen Weihnachtsfest bei meiner Frau hier in Löbau. Mit Falschmünzerei habe weder ich, noch alle anderen im Hause Pohlank etwas zu tun!"

Nach seinen Pferden befragt, gab er an, diese im Stall untergestellt zu

ehemaliger Pferdestall hinter dem Haus Altmarkt 10

haben. Und ja: Die Pferde wären noch jung und ungestüm. Da käme es schon einmal vor, dass Lärm entstehe.

„Insbesondere mein Handpferd hat die Eigenart, den an der Krippe hängenden Wassereimer mit dem Maule abzunehmen", sagte er aus.

„Dann wirft es ihn auf den Boden und tritt mit den Hufen spielend dagegen. Es ist ein Tier, da kann man nichts machen. Wer damit Probleme hat, soll es mir ins Gesicht sagen und nicht, wie die Einfaltspinsel in Protzes Haus, sich übelsten Spekulationen hingeben und ehrbare Kaufleute denunzieren!"

Bürgermeister Friedrich hatte nichts Beweiskräftiges mehr in der Hand. Sein Traum, Falschmünzer zu entlarven, war geplatzt. Er musste noch am selben Tag alle Beschuldigten entlassen und hatte für einen Eklat sondergleichen gesorgt. Das war die eine Seite. Was persönlich schwerer wog, war sein Imageverlust bei den Bürgern der Stadt. Er hatte den Fall hoch angebunden und war auf ganzer Linie gescheitert. Spott und Empörung waren ihm sicher. Außerdem brachte ihm der Fall Ärger mit übergeordneten Behörden ein. Vor allem wegen des Einsatzes landespolizeilicher Kräfte. Darüber hinaus bekam Friedrich Unannehmlichkeiten mit seinen Räten. Allen voran Stadtrat Auster, hatten sie, wie die übrigen Bürger, das freitägliche Drama sehend und hörend mitbekommen. Auster wandte sich umgehend und offiziell an das Ratskollegium. Er intervenierte, dass zu diesem Vorgang nie ein Votum des Ratsgremiums eingeholt, geschweige ein Beschluss gefasst wurde. Er wies darauf hin, dass durch derartige polizeiliche Maßnahmen (Zitat):

„nicht blos das Glück des einzelnen Bürgers und Einwohners, sondern ganzer Familien in hiesiger Stadt gefährdet ist".

Dieser Resolution schlossen sich die übrigen Stadträte an. Auch aus heutiger Sicht bedarf sie keiner weiteren Worte.

Blumen für den Führer

oooooo

Vor 75 Jahren in Löbau

Am 6. Oktober 1938 besuchte Adolf Hitler Löbau. Ein Ereignis, dass man getrost vergessen könnte, doch es will einfach nicht aus dem kollektiven Gedächtnis der Stadt verschwinden. Warum wohl?

Nachdem in der Nacht zum 30. September 1938 in München ein Abkommen von den Regierungschefs Großbritanniens, Frankreichs, Italiens und dem des Deutschen Reiches zur friedlichen Lösung des Sudetenkonfliktes unterzeichnet war, marschierte die Wehrmacht, beginnend ab dem 1. Oktober, in das nunmehr Deutschland zuerkannte Sudetengebiet ein.

Der Führer des Deutschen Reiches, wie Hitler sich nach dem Tod des Reichspräsidenten Hindenburg großsprecherisch nannte, ließ danach die Gelegenheit nicht verstreichen, an mehreren, unmittelbar aufeinanderfolgenden Tagen aus verschiedenen Abschnitten in die eben besetzten Gebiete zu fahren. Er wollte die Dankbarkeit und den Jubel der „heimgeholten" Sudetendeutschen hautnah und warm über sich rieseln lassen, wollte als Befreier gefeiert werden.

Am 6. Oktober war der Bahnhof Löbau auserkoren, Ausgangspunkt für eine dieser Fahrten zu sein. Demzufolge eigentlich ein kurzer Besuch, genau genommen nur die Durchfahrt der hitlerschen Wagenkolonne auf dem Weg ins böhmische Land, aber die Löbauer wollten ihrem geliebten Führer dennoch einen Empfang bereiten, der alles bisher da gewesene in den Schatten stellen sollte. Was und warum die Leute das taten? Hier folgt die Geschichte.

Ich habe sie in dieser Form aufgeschrieben, damit sich jeder, der die Zeit nicht miterlebt hat, ein Bild machen kann, damit man erkennt, dass es weder für selbstherrliche Führer einen Platz, noch zu Freiheit in Frieden eine vernünftige Alternative geben kann.

Wird es Krieg geben?

In Gedanken vertieft stand Oskar am Sonntagnachmittag am Küchenfenster seiner Wohnung in der Löbauer Neustadt und blickte in den Hof hinunter. Man schrieb den 18. September des Jahres 1938. Es war ein relativ warmer Frühherbsttag, die Sonne beschien, ab und zu verdeckt durch ein Wölkchen, die Gemüsebeete und Sträucher der Nachbarn. Auf dem Wäschetrockenplatz spielten zwei kleinere Jungen mit Holzgewehren offenbar Soldaten. Mit Peng, peng und rattattattatt drang das ausgelassene Geschrei der beiden zu ihm hinauf.

Oskar grübelte. Er dachte nach über sich, seine Familie und über die sich überschlagenden politischen Ereignisse des Jahres. Gerade erst im Frühjahr hatte Hitler es nämlich geschafft, seine Heimat Österreich zurück ins Reich zu holen und trug nun gar den Titel „Führer des

Tschechische Bunker im Sudetenland.

113

Großdeutschen Reiches". Es war unglaublich, was der Mann in so kurzer Zeit alles vollbracht, wie er das Land verändert hatte. Ja und jetzt, in diesem beginnenden Herbst, da standen die von den Tschechen übel drangsalierten Sudetendeutschen Tag für Tag mehr im Fokus des Geschehens.

„Der Führer wird die Deutschen in der Tschechoslowakei sicher bald befreien", hieß es überall.

Oskars Gedanken kreisten um dieses Thema.

„Befreien? Wie will er das machen? Wird es deswegen gar Krieg geben?"

Oh Gott, ganz übel wurde ihm bei diesem Gedanken!

Der Lärm im Hof wurde stärker.

„Du bist tot ... nein du bist tot!", plärrten sich die Knaben im Streit jetzt gegenseitig an.

Oskar erkannte den Sohn von Schmidts aus dem Nachbareingang und den vom Willy, seinem Arbeitskollegen.

„Ihr Scheißer, wenn ihr wüsstet!"

Oskar lachte bitter. Zu tief hatten die Gräuel des letzten Krieges seine Seele verletzt. Als gerade mal 18-jähriger war er 1914 von Kamenz aus mit seiner Kompanie auf das Schlachtfeld gen Frankreich gezogen. Er wusste um das vergossene Blut, hörte noch, als sei es erst gestern gewesen, das Gejammer und die hilflosen Schreie der Getroffenen, hatte manch Kameraden im Graben neben sich sterben sehen – bis es ihn, im Frühjahr 17, selbst erwischte. Ein glatter Durchschuss nahe der rechten Schulter. Dabei hatte er noch Glück im Unglück, kam ins Lazarett und überlebte.

„Nee Krieg", dachte er im Stillen, „soll es heuer auf keinen Fall geben, dafür möchte der Führer bitteschön sorgen"!

Mit der Zeit wurde Oskar das Theater im Hof zu viel. Er riss das Fenster auf.

„Hoffentlich ist da unten bald Ruhe, keilt euch woanders!"

Wütend drohte er den beiden mit der Faust. Erschrocken rannten die Streithähne weg und verschwanden um die Hausecke. Nur der Bengel vom Willy lugte noch einmal frech hinter der Mauer vor, legte die Holzflinte auf ihn an und machte laut Peng – dann trat endlich die verdiente Sonntagnachmittagruhe ein.

„Was regst du dich auf, sind eben Kinder."

Oskar hatte seine Traudel, die schon eine Weile hinter ihm in der Küche herumwuselte, gar nicht wahrgenommen Geschirr klapperte und herrlicher Kaffeeduft stieg langsam in den Raum.

„Komm, setz dich her, ich habe gestern extra Pflaumenkuchen vom Mäusebäcker aus der Stadt mitgebracht."

Versöhnlich lächelnd, wie sie es so wundervoll konnte, rückte Traudel ihm den Stuhl zurecht. 14 Jahre waren sie nun schon verheiratet, aber Traudel vermochte es immer noch, ihn zu bezaubern, wie am ersten Tag ihrer großen Liebe. Lammfromm setzte Oskar sich nieder und gab ihr einen sanften Kuss.

„Hast ja recht", meinte er schmunzelnd, „wozu aufregen, lassen wir die böse Welt heute einfach draußen"!

Langsam, mit viel Genuss, tranken Traudel und Oskar an diesem Nachmittag ihren Kaffee, aßen den frischen Kuchen und sahen sich hin und wieder nachdenklich in die Augen. Heute Nachmittag waren sie ganz allein und konnten die stille Zweisamkeit weidlich für sich auskosten. Ihre beiden Söhne, der Klaus und der Gerd, waren zwar in Gedanken immerzu bei ihnen, ansonsten aber nicht zu Hause. Sie hatten sich bereits am Vormittag auf dem Sportplatz, draußen an der Jägerkaserne, beim Deutschen Jungvolk zum „Großen Dienst" zu melden gehabt. Mit ihren dreizehn und elf Jahren waren sie zwar noch Pimpfe, aber dennoch mächtig stolz, vor allem auf ihre schicke braun/schwarze Uniform. Klaus hatte es bereits zum Jungenschaftführer gebracht und durfte den jüngeren Gerd im Dienst nach seinen Kommandos hopsen lassen. Das tat ihrer Bruderliebe allerdings keinen Abbruch, denn sie hatten ein fürsorgliches und behütetes Zuhause. Hier waren die Kinkerlitzchen vom Barras Tabu. Traudel stand dem neuen martialischen Gehabe der Jugend sowieso kontrovers gegenüber, sie regte sich darüber ständig auf. Aber Oskar besänftigte sie immer wieder mit dem Argument:

„Es kann schließlich nicht schaden. So kommt die Jugend wenigstens nicht auf dumme Gedanken und lernt bei Zeiten, was Disziplin und Ordnung heißt!"

Dennoch passte es Oskar im Innern nicht so richtig, dass die Jungs derart begeistert bei dieser Sache waren. Am liebsten hätte er sie nicht zum Jungvolk gehen lassen. Allerdings wusste er, was das für seine Familie, und insbesondere die Kinder, für Nachteile mit sich brachte. Ausgegrenzt zu werden war hart, sehr hart!

Nachdem die beiden eine Weile so gesessen hatten, sah Oskar die Wochenendausgabe des Sächsischen Postillon auf dem Küchenbuffet liegen und holte die Zeitung zum Tisch. Er faltete das Blatt auseinander und was er da auf der ersten Seite wieder zu lesen bekam, ließ die Galle in ihm hochsteigen. Aus war es mit dem Vorsatz, die böse Welt heute einfach draußen zu lassen!

„Traudel hör dir das mal an … schon wieder … ein einziger Skandal!"
Bruchstückhaft las er vor:

„Schon 27.000 Sudetendeutsche der tschechischen Hölle entflohen …, steht die Bevölkerung unter dem Schreckensregiment einer verwilderten Soldateska …, Brücken zur Sprengung vorbereitet …!"
Oskar schlug mit der flachen Hand auf den Tisch.

„Sapperlot, denken denn die Tschechen, sie können mit den Deutschen bei sich machen, was sie wollen? Hier steht sogar, dass es in Rumburg der Bevölkerung verboten ist, zu zweit auf die Straße zu gehen!"
Oskar schüttelte wütend den Kopf.

„Ich habe das schon 1918 prophezeit, als die Tschechen in Böhmen ihren eigenen Staat bekamen und die Deutschen dort drüben sich denen unterordnen mussten – ich habe es schon immer gewusst – das wird nie was! Alles für'n Arsch! Hätte man die Tschechen doch bloß bei Österreich gelassen! Verdammt noch mal, was hat der letzte Krieg bloß angerichtet!"
Traudel legte ihre Hand behutsam auf Oskars Arm.

„Beruhige dich, das wird sicher bald vorbei sein. Der Führer kriegt das bestimmt in den Griff – hat er bis jetzt ja immer, wirst sehn!"
Oskar sah seine Traudel sorgenvoll an, sah sie an, so wie er es noch nie

angesehen hatte und murmelte leise, fast abwesend:

„Dein Wort in Gottes Gehörgang. Hoffentlich löst sich das Problem ohne einen Schuss in Luft auf. Hoffentlich geht die Scheiße nicht noch mal von vorne los ..."

Du bist gern in der Partei gesehen

Der Montagmorgen brachte immer Hektik. Das Wochenende war vorbei, früh schon vor 5 Uhr aufstehen, Frühstück für die ganze Familie, Sachen zusammenpacken und ab zur Arbeit. Die Kinder hatten noch etwas Zeit bis zur Schule, aber Traudel und Oskar mussten los. Oskar hatte es zum Glück nicht all zu weit. Er brauchte nur über die Weißenberger Brücke laufen, dann über den Adolf-Hitler-Platz (Wettiner Platz), am Alberthof (Hackerbräu) vorbei und schon war er in seinem Betrieb an der Jahnstraße, in der Pianofabrik August Förster. Traudel hatte es da etwas weiter. Sie arbeitete in der Spinnerei Rabe & Co. und musste bis zur Mittelmühlbrücke. Sie nahm immer das Fahrrad und so schaffte sie es, trotz des morgendlichen Wirbels, Punkt sechs bei der Arbeit zu sein.

ehemals Adolf-Hitler-Platz – heute: Wettiner Platz

„Ja wenn ich alles so sehe", dachte Oskar auf dem Weg, „geht es uns eigentlich nicht schlecht. Beide haben wir Arbeit, ein reichliches Auskommen und zwei prima Jungs".

Das war bei Traudel und Oskar allerdings nicht immer so. Gleich nach dem Krieg konnte Oskar zunächst keine Arbeit finden, bis er schließlich in seinem Beruf als Möbeltischler bei August Förster unterkam. Dann heiratete er 1924 seine Traudel, beide waren glücklich, die Kinder kamen und dann … Dann kamen die Krise und seine Entlassung im Jahre 1930. Er musste stempeln gehen und auch Traudel war zu Hause. Die Regierung damals – Sozis, Zentrumsleute und Liberale – bekamen nichts mehr in den Griff. Demokratie ohne den Kaiser war zwar im Prinzip gut – das Geld jedoch denkbar knapp. So entschlossen sich Traudel und Oskar 1932 die vielversprechende NSDAP mit ihrem Hitler zu wählen, obwohl sie im Grunde keine Nazis waren und mit den Krawallfiguren von der SA nichts, genauso wie mit den Roten, zu tun haben wollten. Dennoch: Für die Familie hatte sich diese Wahl gelohnt. Ihnen ging es wieder gut.

Oskar hatte mittlerweile den Werkseingang an der Jahnstraße erreicht und ging direkt an seinen Spind.

„Morgen Willy."

Willy war eben dabei seine Arbeitshosen anzuziehen, sah nicht hoch, entgegnete jedoch extra betont:

„Heil Hitler, Oskar!"

Oskar überhörte das und zog sich ebenfalls um. Er wusste ja, der Willy war in der Partei und außerdem in der SA aktiv. Lieber keinen Streit am Montagmorgen!

„Übrigens …", während sie zum Arbeitsplatz schlurften, sprach Oskar Willy wie beiläufig an.

„Ich habe deinen Bengel am Sonntag vom Wäschetrockenplatz gejagt, ziemlich frech der Knabe, muss ich schon sagen"!

Willy winkte ab:

„Ja, ja, hab's erfahren und ihn mir gleich vorgeknöpft. Der hat seine Tracht schon weg. Bald kommt er Gott sei Dank zu den Pimpfen, da werden ihm die Frechheiten schon ausgetrieben!"

Nachdem Oskar seine Tasche neben die Sägebank gestellt hatte, kam Willy noch einmal rüber.

„Apropos Frechheiten", knüpfte er an eben an.

„Haste am Wochenende wieder gelesen, wie die Beneš-Knechte mit den Deutschen drüben in Böhmen umgehen?"

Klar – hatte Oskar!

„Ich sage dir eins Oskar", Willy hob drohend den Zeigefinger, „ein paar Tage noch, dann macht der Führer mit den Tschechen kurzen Prozess – davon sind alle bei uns in der Ortsgruppe überzeugt, kannste Gift drauf nehmen"!

Oskar sah Willy halb fragend, halb vorwurfsvoll an.

„Ja und dann? Dann wird's wohl Krieg geben – oder? Nee ehrlich, darauf habe ich keine Lust. Ich hab's schon mal mitgemacht. Du ja nicht, du warst damals noch ein Dreikäsehoch! Nee da bin ich nicht dabei, glaub mir das!"

„Ach woher denn!"

Willy legte Oskar besänftigend die Hand auf die Schulter.

„Da wird kein deutsches Blut fließen. Der Führer ist für den Frieden. Der weiß doch genau wie du, was Krieg bedeutet. Auf den ist Verlass. Der kriegt das ohne Krieg in den Griff!"

Willy stupste Oskar kameradschaftlich mit der Faust an die Brust.

„Hast du doch mit Österreich gesehen. Freiwillig sind die heim ins Reich gekommen. Sogar zugejubelt haben die Wiener dem Führer, und das nicht zu knapp. Oder nimm die Juden. Wohin die uns mit ihrer Geldgier vor sieben-acht Jahren gebracht haben, weißt du ja sicher noch. Die schickt er jetzt alle ins Gelobte Land zurück. Heute zählt deutsche Arbeit wieder was. Auf unsern Adolf ist Verlass, das sag ich dir."

Als Willy etwas Hoffnung in Oskars Augen aufkeimen sah, fügte er schnell hinzu:

„Übrigens, du bist doch auch ein anständiger Kerl, ein guter Volksgenosse. Wir haben drüber geredet. Kannst mal zu uns kommen, bist gern in der Partei gesehen!"

Er sagte es, drehte sich um und ließ den verdutzten Kollegen mit seinen Gedanken stehen.

Die vergangene Woche hatte von der politischen Lage her keine Veränderungen gebracht. Eher war das Gegenteil der Fall. Die Stimmung heizte sich weiter auf und alle Bemühungen, eine friedliche Lösung des Sudetenproblems zu finden, wie zum Beispiel am 22. September in Bad Godesberg bei einer Konferenz mit Chamberlain, waren gescheitert. Die Tschechen hatten inzwischen mobil gemacht, genauso teilweise die Franzosen. In einer Rede im Berliner Sportpalast am 26. September bekräftigte Hitler nochmals seine Gebietsforderungen an die Tschechoslowakei und forderte ultimativ eine Lösung bis zum 1. Oktober. Unter dem Jubel der Massen kreierte Goebbels an diesem Tag den Spruch:

„Führer befiehl, wir folgen".

Oskar trieb der kompromisslose Gang der Dinge immer mehr Sorgenfalten auf die Stirn. Morgen, so schrieb der Sächsischen Postillon, findet in Löbau auf dem Altmarkt eine Kundgebung statt, die zum Protest gegen das Regime in der Tschechoslowakei aufrufen sollte:

„... Tschechen ... Kundgebung ... Es spricht Parteigenosse Studentkowski ...".

Die Familie war gerade beim Abendessen versammelt. Oskar, in seiner Unart, hatte die Zeitung neben dem Teller liegen und gerade einige Schnipsel daraus vorgelesen.

„Mein Gott", fragte Oskar.

„Parteigenosse Studentkowski, wer ist denn das nun wieder? Ein Arier kann das dem Namen nach aber nicht sein! Klingt eher so, als wäre der selber ein Tscheche."

Klaus klärte den unwissenden Vater prompt auf, dass dies der NSDAP Gauschulungsleiter von Sachsen sei. Gleich hängte er die flapsige Bemerkung hintendran, dass sein Vater aber auch von Nichts ne Ahnung hätte.

„Pass bloß auf, dir fliegt gleich der Käse um die Ohren", meinte Oskar halb im Scherz.

Aber Traudel ging augenblicklich dazwischen und mahnte ein

friedliches Abendessen an, weil man sich wegen so was ja nicht unbedingt hauen müsse.

„Und wir vom Jungvolk treten morgen um sieben Uhr abends auf dem Neumarkt an und marschieren von da aus auf den Markt", meldete sich Gerd zu Wort.

Klaus bestätigte das und erzählte, dass sie das Thema auch in der Schule lang und breit besprochen hätten und es wäre jetzt endlich an der Zeit den Tschechen eins auf die Mütze zu geben.

„Am liebsten wäre ich mit meinen Jungs dabei, wenn wir bei denen reinstürmen", meinte er.

„Ha, ha, ha – du mit deiner Jungenschaft, in eurer Pimpfentkluft?" Oskar fiel vor Lachen die Wurst aus der Hand.

„Wie wollt ihr Knaller das denn machen – hä? Etwa Fahrtenmesser raus und Attacke vorwärts? Wisst ihr überhaupt, dass die Tschechen an ihren Grenzen durchweg Bunkeranlagen gebaut haben? Die schießen euch den Arsch schneller weg, als ihr euch einscheißen könnt – ha, ha, ha."

Beleidigt zog Klaus den Kopf ein, Gerd grinste sich einen und Traudel sah Oskar vorwurfsvoll an.

„Jetzt ist's aber genug", schimpfte sie.

Oskar winkte ab. Eigentlich war ihm nicht zum Scherzen zumute und ihm war auch klar, dass die Partei und der Stadtrat, allen voran Bürgermeister Ungethüm, so eine Rede gleich zum propagandistischen Großereignis machen werden, dass sie Mann und Maus mobilisieren, um einen hohen Schaueffekt zu erzielen. Man wollte sich schließlich nicht vor der Dresdner Parteiführung blamieren, wollte stramme Führertreue demonstrieren.

„Na gut, wenn ihr alle dabei seid, dann gehe ich auch hin. Vielleicht erfährt man da ja was Neues!"

Oskar legte den Postillon beiseite und Traudel, froh das Thema vom Tisch zu haben, stimmte erleichtert zu. Außerdem war es ihr nicht unrecht, morgen Abend die Wohnung mal zwei drei Stunden für sich allein zu haben.

Am Mittwoch, es war der 28. September, schlenderte Oskar langsam zur Mitte es Altmarktes. Die Dunkelheit hatte sich in dieser achten Abendstunde gerade über die Dächer der Stadt gesenkt und ein paar Hundert Leute harrten bereits neugierig des bevorstehenden Ereignisses. Es war eine erhabene Inszenierung, die sich ihm bot. Der Löbauer Markt, verwandelt in eine Bühne, würdig der Aufführung eines Heldenepos. Das Rathaus war von 4 auf der gegenüberliegenden Seite stehenden Scheinwerfern angestrahlt. Ringsum bewegten sich große Hakenkreuzfahnen ganz sachte im kühler werdenden Septemberwind und brennende Fackeln gaben dem Ort zusätzlich eine okkulte Ausstrahlung. Kurz nachdem Oskar eingetroffen war, kamen sie auch schon von allen Seiten her anmarschiert: Die braunen Kolonnen der verschiedenen NSDAP-Organisationen, unter ihnen die HJ, das Jungvolk sowie der BDM. Aus jeder Gasse schwollen andere Gesänge heran. Aus der Nikolaistraße beispielsweise war das Horst Wessel Lied zu hören, in der Inneren Zittauer Straße pfiff der Wind sehr kalt im Westerwald und über die Schulgasse gar sandte die goldene Abendsonne ihren letzten Schein – und das, obwohl es über Deutschland längst finster geworden war.

Misstöne allerdings (Oskar hätte sich am liebsten die Ohren zugehalten) drangen von der Badergasse herüber. Dort stakste das Jungvolk, mittendrin seine Söhne Klaus und Gerd, auf den Platz. Einige Dutzend stimmbrüchige Knaben krächzten gemeinsam das Lied „Unsre Fahne flattert uns voran". Allerdings erinnerte Oskar diese Art Gesang eher an das aufgeregte Krähen einer Schar pubertierender Hähne, welches nicht so recht in die majestätische Szenerie des heutigen Abends passen wollte. Der Altmarkt wurde voller und voller. Die Gesänge vermischten sich, Kommandos ertönten und die jeweiligen Kolonnenführer hatten wohl ein Einsehen. Sie befahlen einer nach dem anderen: „Lied aus!" Allein ein buntes Stimmengewirr blieb übrig, das aber mehr und mehr verebbte. Es verstummte ganz, als Punkt acht Uhr der Löbauer Bürgermeister Dr. Ungethüm und besagter Parteigenosse Studentkowski, beide in brauner Parteiuniform, den extra geschmückten sowie zusätzlich beleuchteten Rathausbalkon betraten. Knisternde Spannung lag über dem Platz.

Der Gauschulungsleiter begann seine Rede an die Löbauer. Betont pathetisch und schneidig sprach er von den deutschen Brüdern und Schwestern in Böhmen, von deren Leid, deren Not und der beginnenden Deutschenaustreibung unter dem verhassten Regime Beneš. Er stellte, im Namen des Führers, endgültig klar, dass es jetzt kein deutsches Volk, wie etwa nach dem Weltkrieg, mehr gibt, „das alles hinnimmt, was man mit ihm oder einem seiner Teile beginnen zu können glaubt …"
Er schimpfte über Versailles, redete über politische Lügen und das Selbstbestimmungsrecht der Völker, das 1918 mit Füßen getreten worden war. Mitreißend rief er in die Massen:
„… denn Völker sind nun einmal nicht willenlose Gegenstände, mit denen man eine Wahnsinnspolitik betreiben kann, sondern Geschöpfe Gottes mit dem Recht, so zu leben, wie sie der Herrgott geschaffen hat. Herr Beneš möge also nicht glauben, dass er es mit den Deutschen anders machen kann!"
Um sich herum registrierte Oskar einstimmigen Beifall, hörte Bravo- und Heil-Rufe. Auch er klatschte, denn genau so war es ja auch seiner Meinung nach. Nur eine alte Frau stand rechts von ihm mit gefalteten Händen und mit Tränen in den Augen da. Geistesabwesend starrte sie auf den Rathausbalkon.

Studentkowski berichtete weiter vom Führer in Berlin, der sich um sein Volk sorge und momentan schwere Stunden durchlebe. Er pries ihn als das größte Genie aller Zeiten, dem kompromisslos die Unterstützung aller Volksgenossen zuteilwerden müsse.
„Ein erbärmlicher Knirps", schrie er ekstatisch am Schluss seiner Rede, „wer dazu nicht helfen will"!
Tosender Beifall stieg in den Abendhimmel, der überging in das geschlossene Absingen der Nationalhymne. Die Versammlung war beendet.

Während sich die Massen langsam zerstreuten und Oskar ebenfalls gehen wollte, spürte er eine leichte Berührung am rechten Arm. Es war die alte Frau von vorhin.

„Junger Mann, was meinen sie, wird es wieder Krieg geben?"

Ohne eine Antwort abzuwarten, sprach sie leise mit gebrechlicher Stimme:

„Mein Mann ist vor Kurzem gestorben und meine beiden Söhne wären jetzt vielleicht ein wenig älter als sie. Beide sind im Krieg geblieben. Der eine in Ostpreußen, der andere in Frankreich."

Aus weichen, traurigen Augen sah sie Oskar an.

„Ich habe alles Liebe verloren, habe keine Hoffnung, aber auch keine Angst mehr. Ich sage ihnen, es wird kommen, wie es immer kommen muss …"

Im Weggehen murmelte sie:

„Gott soll sie und ihre Familie beschützen! Möge der Heiland es besser machen, als man selber denkt!"

Dann verschwand sie, unauffällig, wie sie gekommen war, in Richtung Nikolaikirche. Mit einem Kloß im Hals blieb Oskar für eine Minute mitten auf dem Markt stehen. Dann fiel ihm ein, er hatte sich ja mit seinen Jungs vor der Badergasse, direkt an der Hopfenblüte, verabredet. Immer noch verwirrt, ging er zu ihnen rüber.

„Papa wo bleibst du denn?"

Beide trampelten schon ungeduldig auf dem Pflaster. Klaus spürte sofort, was mit seinem Vater los war.

„Mensch Papa, sieh es nicht so schlimm. Hast doch gehört. Der Führer wird die Sache schon meistern! Uns passiert nichts. Außerdem halten wir doch zusammen!"

Oskar schnürte es fast die Kehle zu. Kaum dass er sich vor den Kindern beherrschen konnte, nahm er seine Söhne und zog sie fest an sich heran.

„Kommt gehen wir", sprach er mit erstickter Stimme.

„Mutter macht uns bestimmt noch ein paar Würste heiß …"

So schnell war Oskar an einem Freitag noch nie nach Hause gelaufen. Fast rannte er über die Weißenberger Brücke, um die frohe Botschaft mit seiner Traudel und den beiden Jungs zu teilen. Er strahlte über das ganze Gesicht. Eine große Last schien von ihm gefallen zu sein. Kaum hatte er die Wohnungstür aufgeschlossen, rannte er seiner Traudel auch schon in die Arme.

„Hast du es mitbekommen? Es gibt keinen Krieg! Hörst Du Traudel! Es gibt keinen Krieg!"
Oskar schrie fast vor Freude, er drückte seine Frau, rüttelte sie mit beiden Armen und küsste sie. Freudentränen rannen ihm übers Gesicht.

„Ja doch Oskar, ja!"
So stürmisch, so leidenschaftlich hatte Traudel ihren Mann lange nicht mehr erlebt.

„Schon am Vormittag", erzählte sie ihm, „kam der Werkmeister und hat gesagt, dass heute früh (Anm.: 30.09.1938 zwischen zwei und drei Uhr) in München ein Abkommen unterzeichnet worden ist, in dem festgeschrieben steht, die Sudenten gehören jetzt zum Deutschen Reich".

„Dann kam der Chef sogar persönlich zu uns Frauen in den Spinnereisaal und wir haben zur Freude des Tages alle einen Likör zum Anstoßen bekommen."

Oskar ließ sich auf den Küchenstuhl sinken. Er schüttelte immer wieder den Kopf und konnte es kaum fassen. Der Führer hatte es geschafft! Er hatte es geschafft die Sudetendeutschen, die in den letzten Jahren unter den Tschechen so viel mitgemacht hatten, heim ins Reich zu holen. Und er hatte noch mehr geschafft. Er hatte in diesem Jahr quasi den ganzen Versailler Vertrag – das Schanddiktat von 1919 – endgültig für null und nichtig erklärt. Die Deutschen waren nun wieder ein Volk, vor dem man Respekt haben musste, das etwas galt in der Welt. Und das, darüber war Oskar besonders glücklich, ohne Blutvergießen, ohne Krieg. Der Führer war ein Friedensengel. Er schien, wie vorgestern auch auf der Kundgebung zu hören war, tatsächlich ein Genie zu sein.

Vergessen waren seine Zweifel, vergessen die alte Frau. Jetzt war er überzeugt von der nationalsozialistischen Sache und glaubte felsenfest, mit seiner Familie in eine sichere Zukunft zu blicken.

Inzwischen hatte Oskar auch seine beiden Jungs bemerkt, die grinsend im Rahmen der Küchentür standen.
„Na siehst du Papa", lachte Klaus, „wie ich's gesagt habe, der Führer wird die Sache schon meistern"!
Überglücklich nahm er die beiden in den Arm.
„Ach wisst ihr Kinder, ich hole jetzt die Flasche Sekt aus dem Keller, die wir für deinen Geburtstag aufgehoben haben, Traudel. Die köpfen wir zur Freude des Tages schon heute, denn so glücklich kommen wir nicht gleich wieder zusammen."
Als sie feierlich, mit den Gläsern in der Hand, beieinanderstanden – Klaus hatte ein Halbes bekommen und Gerd eines mit Brause gefüllt – sagte Oskar noch:
„Und dem Willy habe ich übrigens heute angekündigt, dass ich mal in seine Versammlung kommen werde."
Traudel sah ihn ein paar Sekunden wortlos an.
„Na dann", sie hob das Glas, „auf unser Glück …"

Eine Meldung verbreitet sich wie ein Lauffeuer

Am Dienstag kurz vor Feierabend, die meisten Mitarbeiter im Rathaus waren gerade im Begriff zu gehen, stürmte Kreisparteileiter Reiter aufgeregt die Stufen zum Foyer des Rathauses hinauf.
„Halt, halt! Alles hierbleiben", rief er aufgeregt den Vorbeigehenden zu.
Zum Glück traf der den Löbauer Bürgermeister Dr. Ungethüm noch in seinem Arbeitszimmer an. Auf dessen fragenden Blick keuchte er ganz außer Atem:
„Der Führer kommt zu uns … übermorgen … auf den Bahnhof … fährt weiter nach Friedland …"
Im selben Moment klingelte das Telefon bei Dr. Ungethüm und erst

jetzt begriff er wirklich, was der Kreisleiter meinte. Er legte den Hörer auf und sah Reiter verdattert an.

„Der Führer kommt übermorgen in Löbau an ...!"

Wie eine Bombe schlug die Meldung am Abend des 4. Oktober ein. Sie verbreitete sich wie ein Lauffeuer. Sofort wurden alle verfügbaren Leute in der Stadtverwaltung und den einzelnen NSDAP-Parteiorganisationen mobilisiert, um mit den Vorbereitungen noch am selben Abend zu beginnen. Dr. Ungethüm und der Chef der NSDAP-Kreisleitung Reiter waren sich einig: Dem Führer sollte ein Anblick geboten werden, dem nichts vorher gleichkam.

Ausschnitt des Titelblatts des „Sächsischen Postillon" vom 6. Oktober 1938

Ab dem darauf folgenden Morgen stand die ganze Stadt im Zeichen der Vorbereitung dieses „Großereignisses". Die Verwaltung informierte Betriebe sowie Institutionen und wies Hausbesitzer an, ihre Gebäude zu schmücken. Man bestellte in den umliegenden Gärtnereien Blumen zum Ausstreuen und der Bahnhof bekam, ebenso wie Straßen und Plätze, ein festliches Kleid aus Grünschmuck, Wimpeln und Girlanden verpasst. Sogar Lautsprecher wurden überall aufgestellt, damit die Wartenden die Vorgänge auf dem Bahnhof mitbekommen konnten. An jeder Ecke spürten die Menschen: Löbau blickte einem außergewöhnlichen Festtag entgegen.

Auch Oskar merkte bereits frühmorgens, wie er zur Arbeit ging, dass etwas Bedeutungsvolles im Busch sein musste. Dem Reden der Leute nach entnahm er, dass angeblich Hitler kommen würde. Vollends Gewissheit gab ihm Willy. Kaum dass Oskar zur Tür rein war, sah er diesen aufgescheucht, wie ein Huhn herumrennen. Er erzählte jedem, der es wissen oder auch nicht wissen wollte, dass morgen der Führer nach Löbau käme.

„Stellt Euch vor – der Führer! Der allergrößte Deutsche seit Zeitgedenken, er kommt zu uns nach Löbau", laberte Willy ohne Unterlass.

Im Laufe des Tages kam es dann offiziell: Morgen, um neun Uhr, trifft der Führer auf dem Bahnhof in Löbau ein. Alle sollten erst mal zur Arbeit kommen, aber dann, ab acht Uhr, war arbeitsfrei, damit jeder die Gelegenheit bekam, den Führer zu begrüßen.

Beim Abendessen war dieses Thema natürlich die Nummer eins in Oskars Familie. Die Jungs waren schon ganz kribbelig, weil sie den Führer zum allerersten Mal in natura erleben durften. Und froh waren sie natürlich auch, denn morgen fiel die Schule aus. Mutter hatte ihnen erlaubt, etwas länger zu schlafen, denn sie mussten erst um Viertel nach Acht beim Jungvolk antanzen.

„Macht selber Frühstück. Ich kann mich ja auf euch verlassen", zwinkerte sie den beiden zu.

„In unserem Betrieb übrigens", erzählte sie, „dürfen die Leute ebenfalls in die Stadt hinaufgehen. Einige sollen allerdings bleiben, weil die Maschinen weiterlaufen müssen. Ich bleibe! Es reicht ja, wenn ihr drei dabei seid."

Traudel lachte laut. Nur Oskar sah, wie ein Hauch Sarkasmus um ihre Augenwinkel huschte.

Schon seit den frühen Morgenstunden des 6. Oktober, schien es, war ganz Löbau auf den Beinen. Von allen Seiten marschierten singend die Formationen der Parteigliederungen heran und nahmen an den Straßenrändern Aufstellung. Magisch angezogen vom Spektakel, sickerten zudem mehr und mehr Kolonnen fröhlicher Menschen aus den umliegenden Dörfern langsam in Löbau ein, sodass die Stadt bereits vor acht Uhr prall mit erwartungsvollen Gesichtern gefüllt war. Vom Adolf-Hitler-Platz (Wettiner Platz) bis zum Bahnhof marschierten SS-Leute als Absperrposten auf, während vor dem Bahnhofsgebäude das hier stationierte Militär mit Kapelle unter dem Kommando des Major Rockau Aufstellung nahm. Schmissige Militärmärsche begleiteten ab jetzt das Geschehen im und vor dem Bahnhof.

Gegen 08:30 Uhr fuhr dann die Mercedeslimousine des Führers nebst vielen Begleitfahrzeugen vor. Oskar hatte sich indessen an der gegenüberliegenden Seite des Bahnhofes, direkt am Eingang der Gaststätte Landmannsheim (Bahnhofstr. 46), postiert. Er war fest entschlossen, immer auf Höhe der Wagenkolonne mitzulaufen und seinen Führer, zumindest solange dieser in Löbau war, nicht aus den Augen zu lassen.

Und dann endlich kam der ersehnte Augenblick – der Führer war da! Punktgenau um neun Uhr sah Oskar den Sonderzug mit zwölf Waggons, gezogen von zwei Lokomotiven, in den Bahnhof einrollen. Das Geläut von Kirchenglocken erfüllte für Minuten die Straßen und Plätze und die in der Stadt aufgestellten Lautsprecher verkündeten blechern den historisch bedeutsamen Moment der Ankunft Adolf Hitlers. Was im Bahnhof genau ablief, das konnte Oskar von seinem Standpunkt aus freilich nicht sehen, denn der Zutritt dahin war dem normalen Volk verwehrt. Die Begrüßung Hitlers in Löbau behielten sich Höher chargierte vor. Es sollten noch über 20 Minuten vergehen, bis das sehnsüchtig vor der Tür wartende Volk seinen Führer zu Gesicht bekam.

Hitlers Ankunft auf dem Löbauer Bahnhof

Zunächst stiegen nämlich einige auf dem Dresdner Bahnsteig wartende hochrangige Militärs in den Befehlswagen des Sonderzuges, um an einer kurzen Besprechung mit dem Führer teilzunehmen. Danach erst lief Hitler in den vorderen Teil des Zuges, ließ sich dort von Sachsens Gauleiter Mutschmann begrüßen und betrat den Bahnsteig. Dort überreichte ihn die Frau des Gauleiters als Willkommensgruß einen Blumenstrauß. Dann erst durften sich alle anderen die Ehre geben und Adolf Hitler herzlich die Hand schütteln. Unter ihnen befand sich der Reichskommissar Henlein, der Löbauer NSDAP Kreisleiter Reiter, der Standortälteste Major Rockau sowie der Bürgermeister der Stadt Löbau Dr. Ungethüm.

Inzwischen traf auch der zweite Sonderzug mit den Begleitkommandos ein. Der Tross, ihm voran Hitler, überschritt die Gleise und ging hinüber zum Görlitzer Bahnsteig. Hier standen stramm, mit erhobenem rechten Arm, die Blutordens- und Ehrenzeichenträger sowie einige andere Offiziere der hiesigen Garnison Spalier. Kaum war er an ihnen vorbei, betrat Hitler mit seinem Gefolge über den hinteren Ausgang den Bahnhofsvorplatz. Nun endlich erblickte auch Oskar zum allerersten Mal in seinem Leben den Mann, in dem er, wie die meisten seiner Landsleute, den größten Deutschen aller Zeiten sah. Automatisch tat er es den Umstehenden gleich. Er streckte den rechten Arm weit nach vorn und stimmte lauthals in den Chor der Heil-Rufer ein. Eine Woge der Begeisterung schwappte über den Platz: Rufe, Jubel, Blumen. Viele dankbare Gesichter und leuchtende Augen sah Oskar um sich herum. Manche steigerten sich geradezu ins Euphorische, wie ein Mann ungefähr 50 Schritte weiter links von ihm. Mit heiseren, überlauten

Heilrufen fiel er aus der Masse heraus. Oskar hatte ihn noch gar nicht bemerkt: Es war Willy!

Ungefähr gegen halb zehn Uhr, Oskar schaute in der ganzen Aufregung nicht mehr auf die Uhr, gab es das Zeichen. Die Motoren starteten, der Führer stellte sich auf die Beifahrerseite seiner offenen Mercedeslimousine und gemach setzte sich der lange Korso in Bewegung. Ta – dää, ta – dää, ta – dää, blies in diesem Moment des Musikkorps den „Badenweiler" an. Hitler hob den rechten Arm zum eigenen Gruß und fuhr langsam an seinem Lieblingsmarsch vorüber, in die Bahnhofstraße hinein. Oskar lief los, immer an den Häuserwänden hinter den spalierstehenden Leuten entlang, in Richtung Adolf-Hitler-Platz. Keine Minute verlor er seinen Führer aus den Augen, der die ganze Zeit im Auto stand und fast durchgehend die rechte Hand in den Himmel reckte. Oskar konnte ihm genau ins Gesicht sehen. Um die Mundwinkel nahm er ein selbstzufriedenes Lächeln wahr. Unverkennbar genoss Hitler das Bad in der Menge. Für ihn ein sich hundertfach wiederholendes Schauspiel und Selbstbestätigung

Hitlers Fahrt durch die Bahnhofstraße

schlechthin. Mehr noch förderte es Hitlers Erkenntnis, ein von der Vorsehung Auserwählter, ein Auserwählter zur Rettung des deutschen Volkes zu sein. Eines der verhängnisvollsten Irrtümer jener Zeit. Das aber konnte Oskar in dieser Minute wohl noch nicht ahnen.

Die Fahrt ging weiter die blumenbestreute Bahnhofstraße entlang. Dicht an dicht standen auch hier die Menschen. Oskar kam fast nicht weiter, musste sich förmlich durch die Massen wühlen. Unmittelbar vor ihm sprang plötzlich eine junge Frau auf und nieder.

„Mein Führer … Heil … Heil mein Führer", kreischte sie wie von Sinnen.

In ekstatischer Verzückung, mit entrücktem Blick völlig hingerissen, nahm sie ihre Umwelt nicht mehr wahr. Oskar schubste sie einfach beiseite – sie merkte es nicht einmal! Auf Höhe der Wendler-Drogerie bog die Wagenkolonne rechts in die Herrmann-Göring-Straße (Promenadenring) ab. Oskar hatte es jetzt noch schwerer zu folgen, denn heute war Markttag und vom Nicolaiplatz her drängten noch mehr Leute an die Absperrung. Er musste einen großen Bogen laufen und hatte Glück, weil der Wagen des Führers auf dem Neumarkt noch einmal stoppte. Eine Frau überreichte ihm Blumen. Wenige Worte wurden gewechselt und dann sah Oskar seinen über alles geliebten Führer zum letzten Mal in seinem Leben. Versonnen stand er am Gerichtsgebäude und, ohne dass er sich dessen bewusst war, winkte er dem Autokorso noch lange hinterher. Der seinerseits nahm Fahrt auf und verschwand über die Neusalzaer Straße in Richtung Oppach. Weiter ging die Fahrt ins Sudetendeutsche, über Schluckenau, Rumburg, Kratzau bis nach Friedland. Die Orte wechselten, die Bilder blieben.

Am Abend saßen bei Oskar alle beisammen am Tisch.

„Das war heute vielleicht ein Tag!"

Oskar schaute geschafft aber zufrieden in die Runde.

„Hätte nie gedacht, dass wir hier in Löbau dem Führer einen so tollen Empfang bereiten. Alle Achtung!"

Auf Traudels Frage, was sie denn heute so gesehen und gehört hätten, redeten alle durcheinander. Jeder wollte seine Eindrücke und Erlebnisse zuerst loswerden. Als ihre Männer genug erzählt hatten, seufzte Traudel:

„Na schön, habt ihr wenigstens was erlebt. Ich habe ja gearbeitet. Die Maschinen bei uns dürfen zurzeit nicht stillstehen, denn der Führer braucht Uniformen, viele Uniformen …"

10 Jahre später

In Gedanken vertieft stand Oskar am Sonntagnachmittag wieder am Küchenfenster und blickte in den Hof hinunter. Wieder an einem Frühherbsttag, wieder im September. Allerdings waren inzwischen zehn Jahre ins Land gegangen. Zehn Jahre, die nicht nur Traudel und Oskar, sondern das ganze Land grundlegend verändert hatten. Wieder plärrten im Hof zwei Kinder. Doch diesmal hörte Oskar, ohne dass er etwas sagen musste, aus einem der Erdgeschossfenster eine männliche Stimme schimpfen:

„Hört auf zu streiten oder ich zieh euch die Hosen stramm!"

Am schlesischen Dialekt merkte Oskar, wer der Rufer war. Es war Bertram, der Vater einer sechsköpfigen Familie, die hier in Löbau als Vertriebene eine kleine Wohnung erhalten hatten. Ein riesiges Glück, denn die Masse dieser Leute wurde aus dem Auffanglager in der alten Wehrmachtskaserne mit ungewisser Zukunft direkt weiter geschoben in andere Landesteile.

Auch Oskar hatte alles in allem Glück gehabt. Er ist zwar noch mal zur Wehrmacht eingezogen worden, kam aber, auch aufgrund seiner Kriegsverletzung, in die hiesige Kaserne zum Ersatzbataillon als Unteroffizier. Schon zwei Mal hatten ihn danach die Russen abgeholt und verhört. Als ehemaliges Parteimitglied hatte er ganz schön Schiss. Doch er schien davongekommen zu sein. Bei der zweiten Vernehmung nämlich hörte er, nachdem der russische Offizier ins Nachbarzimmer gegangen war, eine deutsche Stimme sagen:

„Der war nur ein Mitläufer."

Oskar erinnerte sich an die Ereignisse vor zehn Jahren, an seine Begeisterung und auch an die alte Frau auf dem Markt.

„Mein Gott", stieß es ihm bitter auf, „wie konnten wir alle bloß so dumm sein und diesem Adolf hinterherrennen? Ganz schön in die Scheiße geritten hat uns der Verrückte"!

Doch ob es jetzt besser würde? Daran hatte Oskar seine Zweifel, denn im Moment waren die Russen am Drücker und zunehmend schickten sie und deutsche Kommunisten sich an, das Ruder zu übernehmen. Dem verbliebenen Ostteil Deutschlands schienen sie Stück für Stück das stalinsche System überzustülpen.

„Vom demokratischen Geist des alten Weimar wird wohl nicht viel übrigbleiben, da kann man getrost einen drauf lassen", dachte Oskar.

Wie vor zehn Jahren klapperte Geschirr hinter ihm. Diesmal zog ihm allerdings nur der fade Geruch von Blümchenkaffee in die Nase.

„Komm schon, setz dich!"

Traudel und Oskar hielten sich wortlos die Hände. Grauer waren sie geworden, grauer und einsam. Klaus und Gerd waren in Gedanken bei ihnen, nur diesmal wollten und wollten beide einfach nicht nach Hause kommen. Klaus war irgendwo bei Kiew vermisst und die letzte Nachricht von Gerd, den die Wehrmacht Ende 44 mit gerade mal 18 Jahren noch eingezogen hatte, kam aus der Gegend von Allenstein in Ostpreußen. Nun warteten sie jeden Tag und gaben die Hoffnung nicht auf. Oskar mochte zwar weg von hier, zu seinem Cousin ins Hessische, doch Traudel meinte jedes Mal:

„Da wissen doch die Jungs gar nicht, wohin sie sollen! Warten wir lieber noch eine Weile."

Mitte der 1950er Jahre – die letzten Soldaten waren aus der Gefangenschaft heimgekehrt – gaben Traudel und Oskar die Hoffnung auf und zogen weg von Löbau. Ihre Spur verliert sich im auseinanderdriftenden Deutschland und sicher werden sie heute nicht mehr leben. Was mit Klaus und Gerd geworden ist? Keiner kann es sagen. Vielleicht lebt ja wenigstes einer von beiden noch irgendwo unter uns. Wer weiß …

Epilog

Antworten zu finden ist nicht immer leicht. Manche meinen, wir sollten doch bitteschön keine Geschichten mehr aus dem III. Reich zum Besten geben, keine Bilder, keine Hakenkreuzfahnen oder Hitler zeigen. Wir sind der Meinung: Doch, genau das sollten wir tun! Nicht etwa, um diese Zeit zu glorifizieren oder sie uns gar zurückzuwünschen, sondern mit wachem Verstand Vergangenheit und Gegenwart übereinanderzulegen. Wenn wir verstehen wollen, müssen wir uns in das Leben, die Sorgen, Wünsche und Hoffnungen der Menschen jener Zeit hineinversetzen. Denn nur wer um seine Vergangenheit weiß, wird seine Zukunft meistern! Mehr denn je sollten wir uns die Frage stellen: Wie konnte es geschehen, dass einer wie Adolf Hitler ein ganzes Volk in den Abgrund riss? Sind die Deutschen damals nicht ganz bei Trost gewesen oder waren ein Volk von Verbrechern? Nein, keineswegs waren sie das! Vielmehr hatten sie die Nase voll vom System der Republik. Die Leute wollten nicht weiter von Krise zu Krise taumeln, nicht arbeitslos und arm sein. Sie waren es leid von der Politik ständig Lügen sowie leere Versprechungen präsentiert zu bekommen. Sie waren es leid, sich das ergebnislose Bäumchen-Wechsel-dich-Spiel zwischen den Parteien mit ansehen zu müssen. Der Erfolg des „Führers" gab den NSDAP-Wählern anfangs recht. Gerade in der Zeit zwischen Januar 1933 und August 1939 jubelte ihm das Volk frenetisch zu. Als viele erkannten, wohin die Reise wirklich ging, war es zu spät. Die Menschen waren im System einer beispiellos organisierten Diktatur und Propaganda gefangen. Nur wenige hatten bei Strafe des Todes Mut, offen zu widersprechen.

Adolf Hitler kam nicht auf der Wurstsuppe daher geschwommen! Seine Machtergreifung ist dem Komplettversagen von Politik und Parteien zuzuschreiben. Daraus gilt es, unmissverständlich Schlussfolgerungen zu ziehen. Nicht Verschweigen ist der Weg, auch nicht ständiges Fremdschämen oder Selbstverleugnung. Wir sollten stolz sein auf unser Land, uns an unseren positiven Traditionen orientieren und vor allem:

Wir müssen erhobenen Hauptes Politik aktiv und direkt mitgestalten. Das zu verwirklichen und einzufordern ist unsere Pflicht – damit unser Land dereinst nicht wieder in Despotie, Terror oder Krieg versinkt.

Ein Selbstmord im Löbauer Stockhaus

„Das ist doch im Grunde ein ganz armes Schwein", sinnierte der Löbauer Stockmeister Carl Gottlob Greulich.

Frühmorgens, noch den Schlaf in den Gliedern, stieg er langsam die Treppen hinauf zur obersten Zelle seines Stockhauses. Dort hatte er gestern Abend den alten Fischer einsperren müssen, weil ihn der Gastwirt Semich in seinem Hause am Markt beim Hühner klauen erwischt hatte. Der 55-jährige Fischer, das wusste Greulich, war nicht gerade einer, den die Leute einen angesehenen Mann nannten. Seine Frau war vor etlichen Jahren gestorben und von seinem erlernten Handwerk, der Weberei, konnte er sich schon lange nicht mehr ernähren. Jetzt war er bei der etwas eigenbrötlerischen Witwe John untergekrochen, die ihn aus Nächstenliebe auf ihrem Dachboden hausen ließ. Das, was er zum Leben gerade brauchte, schnorrte oder klaute Fischer sich zusammen, und – das schien der Grund allen Übels zu sein – er war permanent besoffen.

Eben oben angekommen, steckte Greulich gähnend den schweren Schlüssel ins Zellenschloss. Mit einem Mal hellwach, blieb er wie zur Salzsäule erstarrt im Türrahmen stehen. Ein grausiger Schauer durchlief seinen Körper. Er glaubte kaum, was er da sah: Fischers nach vorn geneigter Körper hing leblos in einem selbst zusammen gedrehten Strick.

„Dieses Rabenaas", schoss es ihm durch den Kopf, „hat sich doch tatsächlich in der Nacht aufgehängt"!

Als er sich halbwegs wieder gefasst hatte, lief er, so schnell ihn seine Beine trugen, zum Rathaus hinüber, um das schwere Vorkommnis zu melden.

„Gott Sakrament", fluchte er leise, weil es ja keiner hören sollte.

„Ausgerechnet unter meinen Augen im Stockhaus! Konnte der vermaledeite Hundsfott nicht wie jeder ordentliche Christenmensch warten, bis regulär sein letztes Stündlein geschlagen hätte oder sich wenigstens irgendwo anders den Strick nehmen?"

Auch die beiden Gerichtsdiener, denen der verstörte Greulich fast unter Tränen versicherte, Fischer noch am gestrigen Abend lebend gesehen zu haben, waren alles andere als erfreut. Suizid war eine der schwersten Sünden überhaupt, die ein Mensch auf sich laden konnte. Selbstmörder glaubten nicht an die Gnade Gottes und brachten über sich und die Gemeinschaft Unheil. Als Wiedergänger (heute würde man Zombies sagen) konnten sie außerdem, so wussten viele vom Hörensagen zu berichten, allerhand dämonischen Schabernack treiben.

Solche Kreaturen waren deshalb aus der christlichen Gemeinschaft auszuschließen und bekamen nur das sogenannte Eselsbegräbnis zugesprochen. Das bedeutete nichts anderes, als dass man sie wie ein Stück Vieh in ungeweihter Erde verscharrte. Damit sie sich den Weg zurück zu den Menschen nicht merken konnten, durften ihre Kadaver außerdem weder durch Türen noch Fenster entsorgt werden. Greulich ahnte, was das für sein Stockhaus bedeutet. Maurermeister Sendler bekam nämlich jetzt den Auftrag, ein genügend großes Loch in die Außenmauer des Stadtgefängnisses zu brechen, damit, so vermerkte Stadtschreiber Herrmann in den Akten:
„… das stinkende Luder heraus geworfen werden könne".

Maurermeister Sendlers Gesellen kamen prompt am nächsten Tag. Sie weigerten sich allerdings mit der Arbeit zu beginnen, da Fischer vor der fraglichen Mauerstelle noch tot am Strick liegend hing. Anfassen und wegschieben ging nicht, denn wer mit solch einer Leiche in Berührung kam, galt als unrein und lief Gefahr, selbst zum Geächteten zu werden. Ergo musste hier der Henker ran! Durch seinen unehrenhaften Beruf stand er außerhalb der Stadtgesellschaft und war deshalb für derartige Aufgaben prädestiniert. Das Stadtgericht rief demzufolge den Scharfrichter Ötte ins Stockhaus, damit er sein schmutziges Handwerk verrichte. Ötte, gleichzeitig auch Löbaus Abdecker, fackelte nicht lange, schnitt Fischer ab, sackte ihn ein und schmiss ihn vor den Ofen.

Erst am Abend, denn Selbstmörder durften nur nach Sonnenuntergang vergraben werden, schafften er und sein Knecht den Kadaver fort. Sie banden den im Sack verstauten Fischer ein Seil um den Hals, zerrten ihn auf ein Brett, schoben dieses aus dem Mauerloch und ließen den Sack auf die Rittergasse plumpsen. Anschließend fuhren sie mit dem Schinderkarren, den Kopf der Leiche auf den Pferdeschweif zu, über die Zittauer Gasse zum Tor hinaus auf den Schinderacker, wo Fischer, ohne jede menschliche Anteilnahme, kläglich in einem tiefen Loch verschwand.

So, wahrlich geschehen am 16./17. Juli, im Löbau des Jahres 1756!

Das grausige Ende eines
Rittergutbesitzers

∞∞∞∞

In der ersten Hälfte des 19. Jahrhunderts sorgte ein aufsehenerregender Kriminalfall in hiesiger Gegend, mithin auch in ganz Sachsen, für großen Wirbel und reichlich Unruhe in der Bevölkerung. Vor allem deshalb, weil dazumal nicht etwa ein armes Würstchen, sei es durch Mord oder Unfall, sein Leben hingeben musste, sondern ein regional bekannter, den Gerüchten nach, stinkreicher Mann aus Schönbach. Es war der Besitzer des dortigen Rittergutes Johann Christian Gocht, der einem (er)schrecklichen Verbrechen zum Opfer fiel. Über Jahre hielt der Fall das Königlich-Sächsische Justizamt sowie den Bürgermeister und die städtische Polizeibehörde Löbaus in Trab. Diese gerieten wegen anfänglicher Ergebnislosigkeit immer wieder unter öffentlichen Druck. Die Fahnder ermittelten deshalb fieberhaft in alle Richtungen. Sie arbeiteten mit Spitzeln im Untergrund und beförderten bei dieser Gelegenheit so manch Abstruses aus der Welt des Aberglaubens ans Tageslicht. Begünstigt durch die damals noch vorkommende Schwatzhaftigkeit des weiblichen Geschlechts, konnte am Ende alles aufgeklärt werden. Der Kriminalfall fand am 21. November 1840, direkt an der Löbauer Schießwiese, unter reger Anteilnahme der Bevölkerung seinen „kopflosen" Abschluss.

Es war einmal ein Mann fürs Geld

Es war einmal ein Mann fürs Geld und der hieß Johann Christian Gocht aus dem nahe gelegenen Dorf Schönbach. Wie jeden Donnerstag saß er auch an jenem denkwürdigen 7. September des Jahres 1837 auf dem Wochenmarkt unscheinbar auf seinem Bänkchen an einer Ecke

Rittergut-Herrenhaus in Schönbach, 1818 abgebrannt und 1821 erfolgte der Wiederaufbau

des Rathauses. Er tat das, was er an diesem Ort immer tat – er zählte sein Geld. Und jeder, der solches brauchte oder wechseln wollte, wusste: „Zu Gocht'n musste geh'n – der hat welch's!"
Seine Kasse war immer prall gefüllt mit Gold und Silber; mit Talern, Dukaten, einigen Florin, mit Münzen preußischer und sächsischer Prägung sowie diversen anderen Währungen. Gocht hatte aber auch Banknoten und Wechsel im Angebot und betrieb damit einen einträglichen Handel. Immer, wenn einer etwas umtauschen wollte, wurde eine Gebühr fällig bzw. ein bestimmter Kurs wirksam. Manchmal gab's auch Bares gegen einen verzinslichen Schuldschein. Er machte also das, was heute auf einer Bank oder an der Börse gemacht wird – nämlich Geldgeschäfte. Manche Leute nannten ihn deshalb bissig den „Schönbacher Juden", obwohl er doch eigentlich ein frommer Christenmensch war.

141

Die Leute wussten allerdings nicht nur, dass der Mann reich war. Sie wussten auch: Der Mann lebt gefährlich! Zwar sah man ihm, bescheiden, wie er stets geblieben war, seine Stellung als Rittergutbesitzer und wohlhabender Geschäftsmann nicht an, dennoch entging keinem, dass er jedes Mal mit einem Vermögen im Wert von weit mehr als 1500 Talern zu Fuß zwischen Löbau und Schönbach pendelte. Das Geld trug er in einer Hocke verstaut über der Schulter. Pferd und Wagen ließ er zu Hause, sie könnten derweil ja für andere Arbeiten auf dem Hof nütze sein. Das kurze Stück zu fahren, hielt Gocht für reine Geldverschwendung. Außerdem war der Großbauer aus Schönbach ein stattlicher, kräftiger Mann, der im Jahre 1799 als junger Bursche ganz allein sieben Banditen der berüchtigten Karasek-Räuberbande aus dem Haus seines Vaters gejagt, also sozusagen „7 auf einem Streich", erledigt hatte. Trotzdem: Das einhellige Orakel der Hiesigen lautete:

„Dem wärn se schonn noch a moal denn Hoals umdräh'n und sei bissl Geld nützt'm dann ooch nüscht mehr!"

Was von den Löbauern indes niemand ahnte: Ihre düstere Prophezeiung sollte noch heute bittere Wahrheit werden!

Es war kurz vor fünf Uhr am Nachmittag. Viele Händler räumten langsam ihre Stände zusammen, als auch Gocht leise und zufrieden vor sich hinbrabbelte:

„Was soll's, ich hab heute meinen guten Schnitt gemacht. Auf geht's, es wird Zeit mich ebenfalls auf den Weg zu machen."

Er war schon halb im Gehen begriffen, da kam ihm Meister Kühlmorgen, der Fleischhauer, hastig entgegengelaufen.

„Gocht, wartet noch einen Moment! Könnt ihr mir schnell noch 15 Taler in Gulden verwechseln? Brauche für morgen ein paar Goldstücke – hab ein wichtiges Geschäft zu machen."

Nickend griff Gocht in seine gut sortierte Geldhocke und gab dem Gegenüber die gewünschten Münzen nebst Restgeld. Nebenbei meinte er flüchtig:

„Zwei Groschen für mich, ihr wisst ja …"

Kühlmorgen wusste, lächelte gepresst und verabschiedete sich eilends:

„Na dann Gocht, vergelt's Gott und Wohl des Weges …"

„Wer sagt´s denn, da ging ja noch was!"

Gocht schmunzelte still und vergnügt in sich hinein, schulterte sein wertvolles Bündel und verschwand kurz darauf in der Bautzener Gasse.

Das Schicksal nimmt seinen Lauf

Zu seinem Verhängnis hatte er sich heute entschlossen, wieder mal den direkten Weg zu nehmen. Leise vor sich hin pfeifend, lief er quer über den neuen Markt und dann schnurstracks auf die Fahrstraße nach Lawalde. Bis zum Lärchenberg ging es jetzt fast ständig bergan. Gocht machte das aber nichts aus. Das Laufen war er, genau wie das Arbeiten, gewohnt. Zudem lachte die Septembersonne noch angenehm vom wolkenlosen Himmel. Eine ideale Zeit, um in Ruhe für ein paar Schritte seinen Tagträumen nachzuhängen.

Eigentlich hätte er, wie die anderen Tage auch, auf seinem Gut bleiben müssen. Stattdessen lief er ein Mal die Woche nach Löbau, um Geldgeschäfte zu machen. Er wusste, was die Löbauer davon hielten, bzw. wie sie über ihn dachten.

„Ha", er lachte höhnisch auf, sodass neben ihm ein Hase vor Schreck aus seiner Feldfurche sprang.

„Der Jude bin ich für die, aber mein Geld können sie gut brauchen! Das nehmen sie gern, da ist sich keiner von denen zu fein!"

Anders die Leute auf dem Gut! Sie wussten, wie hart das Leben auf dem Lande sein kann, wussten, was passiert, wenn die Ernte nicht gut ausfällt oder Seuchen und Krankheiten den Tierbestand gefährden. Von Kriegszeiten gar nicht zu reden!

„Nein nein", dachte er bei sich, „wie gut ist es doch, wenn einer in der Not wenigstens genug Geld hat, solch Ungemach zu überstehen"!

Mittlerweile hatte Gocht die Bergkuppe erreicht, blieb für eine Weile stehen und schaute noch einmal auf die Stadt hinab. Nächsten Donnerstag, das hatte er sich fest vorgenommen, würde er mit seinem kleinen Geldladen wieder nach Löbau laufen. Denn irgendwie wurde er doch gebraucht. Von den Menschen in seinem Dorf, genauso wie von den anderen …!

„Dein Höckel könnt' mer brauchn!"

Er lief weiter, jetzt abwärts auf dem neben der Fahrstraße verlaufenden Fußweg zum Littewasser hin. Es mochte mittlerweile wohl Viertel vor sechs geworden sein. Der Weg war beiderseits mit dichten Sträuchern und Bäumen bewachsen, rechter Hand stieg das Gelände an. Plötzlich, das ließ ihn einen Moment misstrauisch innehalten, traten ungefähr 20 m vor ihm zwei männliche Gestalten aus dem Gebüsch heraus. Beruhigt stellte er aber im selben Moment fest, dass sich die Beiden angeregt unterhielten, der Eine dem Anderen sogar kameradschaftlich eine Prise aus seiner Schnupftabakdose anbot. Sie schienen harmlos, trotzdem blieb er auf der Hut und ließ sie nicht aus den Augen. Auf deren Höhe angekommen, wollte er soeben zum Gruße freundlich nicken, da stellte sich der etwas Größere ihm unvermittelt in den Weg und zischte:

„Dein Höckel könnt' mer brauchn!"

Gocht fuhr der Schreck bis in die Zehenspitzen.

„Hat's mich heute also doch mal erwischt … verdammte Scheiße!"

Instinktiv zog der die Geldhocke näher an seine Schulter. Zum Nachdenken allerdings blieb ihm jetzt keine Zeit mehr. Sofort zerrte der zweite Kerl an seiner Hocke. Der andere packte ihn mit beiden Händen, versuchte ihn mit einem Tritt gegen das Bein herunterzureißen, um ihn vom Geld zu trennen. Doch so einfach ging das nicht … nicht mit Gocht! Immerhin hatte er genug Kraft und binnen weniger Sekunden seinen Schock überwunden. So leicht würde er diesem lausigen Diebsgesindel sein Geld nicht überlassen, niemals! Mit Wucht verpasste Gocht seinem frontalen Angreifer einen Schlag in die Magengrube.

„Uuahh", stöhnte der und taumelte ein paar Schritte rückwärts.

Die Geldkiste fiel derweil krachend zu Boden. Das war Gocht im Moment aber egal. Beide Hände frei, setzte er nach:

„Dreckspack, elendes!" und ging auf den einen Banditen los.

Im selben Augenblick sah er in dessen Hand ein Messer aufblitzen und spürte gleich darauf einen ziehenden Schmerz im Bauch. Seine grenzenlose Wut setzte im Nu unbändige Kräfte frei.

„Du Hurensohn", schrie es aus ihm heraus.

Er packte das zappelnde Würstchen und zerrte es die Grabenböschung hinunter. Der vom Zornesausbruch völlig Überrumpelte fuchtelte im Fallen ziellos mit dem Messer herum und versetzte Gocht dabei Stiche in Wange und Bein. Gocht schien das gar nicht wahrzunehmen, auch nicht, dass ihm die Kleidung schon blutdurchtränkt am Leibe hing. Er hatte die jämmerliche Gestalt, die ihn momentan mit angstvoll aufgerissenen Augen anstarrte, unter sich gebracht und versuchte, mit dem linken Unterarm deren Hals abzurücken.

„Das war's, du Mistkerl ... jetzt hat dein letztes Stündlein geschlagen, Bastard vermaledeiter!" „Hilf mir doch endlich und lass das Geld, du Rindvieh", krächzte der auf diese Weise Bedrängte seinem Kumpan mit letzter Kraft zu. Dem kam der Kampf zwischen beiden augenscheinlich nicht ungelegen. Er füllte bereits seine Taschen kräftig mit Geld. Dennoch fühlte er sich, in einem Anflug von Kumpanenehre, zur Solidarität verpflichtet. Er sprang hinunter und packte Gocht am Kragen. Ruckartig drehte sich Gocht um und versetzte ihm mit dem rechten Bein einen Tritt in den Unterleib. Dann stürzte er sich wieder auf den am Boden Liegenden. Ein todbringender Fehler, denn Sekunden später spürte er einen Stich im Genick. Er sank zu Boden und sah mit schwindendem Blick, wie das Messer erneut seinen Hals traf. Alsdann verließ ihn seine Lebenskraft.

„Hast du ihn totgemacht?"

„Frag nicht so blöd, sammeln wir lieber das Geld ein, bevor noch jemand kommt."

Hastig kletterten die Raubmörder auf den Weg, leerten schnell und so gründlich es ging die Gochtsche Geldhocke, schmissen sie die Böschung hinunter und machten sich in südlicher Richtung über die Felder aus dem Staub.

Ein Mann wird gesucht

Auf dem Schönbacher Rittergut löste das Ausbleiben Gochts unterdes große Sorge aus. Jeder hier wusste, auf ihren Chef ist Verlass. Er war die Pünktlichkeit in Person und das Rittergut war für ihn sein Ein und Alles. Nicht auszudenken, wenn ihm etwas passiert wäre. Erst letztes Jahr starben ihm Frau und Sohn. Er war der Einzige, an dem das Wohl und Wehe des Gutes hing. Allen war bekannt, mit welch wertvoller Fracht er jeden Donnerstag unterwegs war und welcher Gefahr er sich aussetzte. Wie oft hatten sie ihm angeboten, dass doch wenigstens ein kräftiger Kerl aus ihren Reihen mitkommen solle. Wenn's hart auf hart käme, hätte es der Fäuste Vier gehabt, eventuelles Gaunerpack in die Flucht zu schlagen. Die Leute mochten Gocht und jedem war klar, dass er die Geldgeschäfte nicht zur Eigenbereicherung, sondern zum Wohl des Gutes und des Dorfes betrieb. Alle waren bereit, ihn dabei zu unterstützen. Aber ungeachtet aller Angebote und Warnungen – er wollte lieber ohne Begleitung gehen.

„Ihr werdet auf dem Hof gebraucht, ich schaffe das schon allein", waren allezeit seine Worte.

Als es abends auf die elfte Stunde zuging und Gocht immer noch nicht zu Hause war, meinte der Verwalter:

„Es nutzt nichts, ich werde morgen ein paar Leute nach Löbau schicken, die nach ihm suchen."

Am nächsten Morgen hatte der Verwalter drei Leute zusammengebracht, denen er aufgab:

„Geht nach Löbau und fragt nach, wo unser Herr geblieben ist, wo er gestern überall war und wohin er gegangen ist. Seht zu, dass ihr zum Mittag wieder hier seid. Solltet ihr ihn treffen, sagt, dass wir in großer Sorge sind."

Kurz vor ein Uhr kam die Abordnung zurück, allerdings ohne Ergebnis. Zwar wusste man in der Stadt, dass Gocht gestern auf dem Markt gewesen und wie üblich seinen Geschäften nachgegangen war. Ein paar Leute hatten auch gesehen, dass er gegen fünf Uhr vom Markt aus wegging, aber dann verlor sich seine Spur. Wen sie auch fragten, keiner konnte über den Verbleib ihres Herrn Auskunft geben. Der Gutsverwalter trommelte auf diese besorgniserregende Nachricht hin augenblicklich so viele Männer zusammen, wie er kriegen konnte. Sie ließen alles stehen und liegen und suchten unter seiner Führung die

Straße über Lawalde nach Löbau ab. Die Männer rechneten mit dem Schlimmsten, hofften insgeheim dennoch, Gocht irgendwo zwischen Löbau und Schönbach quickfidel anzutreffen.

Hier liegt einer!

Sie waren gerade durch Lawalde gelaufen, hatten dort ein paar Leute über Gochts Verbleib gefragt und überquerten die Brücke über das Littewasser. Weil sich Straße und Fußweg hier trennten, teilte sich der Suchtrupp. Nach einer Weile schrie einer der Männer mit sich überschlagender Stimme:

„Großer Gott, hieeer hieeerher! Kommt schnell – hier liegt einer! Jesses Maria – Heiliger Vater steh uns bei!"
Er war vom Weg die Böschung hinuntergerutscht und stand, am ganzen Leibe schlotternd, vor dem regungslosen Körper eines übel zugerichteten Mannes. Der Waldboden war über und über mit Blut besudelt, selbst die unteren Stämme der Bäume hatten ihren Teil abbekommen. Ein Anblick, schlimmer als beim Schweine schlachten. Bestürzt starrten die Männer, für Minuten ihres Verstandes beraubt, auf den Leichnam. Zweifelfrei identifizieren sie ihn als den ihres Gutsherren. Gestandene Kerle sah man jetzt in ihre Taschentücher schluchzen. Etwas abseits hing einer der jüngeren Burschen kreideweiß überm Gebüsch und musste heftig kotzen.

Nach einiger Zeit, es mochte wohl über eine viertel Stunde vergangen sein, fand die Truppe langsam wieder zu sich. Schweren Herzens, seine Tränen unterdrückend, nahm der Gutsverwalter das Heft wieder in die Hand und meinte:

„Zwei Leute, einer davon bin ich, laufen unverzüglich nach Löbau, um den furchtbaren Fund anzuzeigen. Der Rest bleibt hier und hält Wache, bis wir wieder zurück sind – dann sehen wir weiter."

Die Herren im Löbauer Justizamt waren sich sofort darüber einig, dass es hierbei nicht um einen Unfall oder Selbstmord ging. Vielmehr müsse es sich um einen handfesten Raubmord handeln. Noch dazu der Rittergutbesitzer Gocht nach ihren Erkenntnissen sowieso schon im Visier diverser krimineller Subjekte stand. Die Beamten ahnten, dass dieser Fall hierzulande und im benachbarten Ausland (z. B. in Böhmen) noch für gehöriges Aufsehen sorgen würde. Eilig schickte das Amt deshalb noch am späten Nachmittag des 8. September einige Bedienstete sowie die Leichenkarosse hinaus, um Tatort und Kadaver (diese Bezeichnung war damals auch für tote Menschen üblich) schnellstmöglich zu sichern. Schon von Weitem sahen sie zum Leidwesen ihre Vorahnungen bestätigt. Die Buschtrommel hatte einmal mehr bestens funktioniert. Über den Daumen gepeilt standen 70 bis 80 Menschen aus den nahen Ortschaften Lawalde und Großschweidnitz am Ort des Verbrechens. Das ganze Strauchwerk und der Boden waren längst niedergetrampelt. Den toten Gocht hatte irgendwer aus dem Graben gezogen. Er lag zur Schau gestellt quer über dem Fußweg. Von ungehinderter Tatort- oder Spurensicherung konnte keine Rede mehr sein. Verärgert und mit dem nicht gerade sanften Befehl:

„Schert euch gefälligst heim – ihr habt wohl sonst nichts Gescheiteres zu tun", wurden die sensationslüsternen Gaffer kraft Amtsgewalt weggetrieben.

Da es bereits zu dunkeln anfing, lud man die Leiche ohne viel Federlesen auf und verschob die Tatortbesichtigung auf den nächsten Tag. Der Schönbacher Suchtrupp erhielt die Order, unter dem Kommando eines Kriminalbeamten über Nacht Wache zu halten und jeden Schaulustigen von hier wegzuscheuchen.

Am Morgen des 9. September erschienen zwei Vertreter der Stadt Löbau, der Aktuar Friedrich nebst dem Ratsdiener Müller, zuerst am Ort des Verbrechens. In ihrer Eigenschaft als Stadtpolizeibehörde hatten sie Kenntnis von der Sache sowie vom Bürgermeister Schöbel die Aufgabe erhalten, das Terrain sorgsamst auf Täterspuren zu untersuchen. Trotz intensiver Bemühungen konnten Friedrich und Müller im Umkreis von 100 Metern jedoch nichts entdecken, was sie wenigstens ansatzweise auf die Spur der Täter gebracht hätte.

Parallel dazu waren die Ratsdiener Seifert und Wüller sowie der Polizeidiener Bausong angewiesen in der Stadt Nachfrage zu halten, wo überall sich Gocht aufgehalten und wer ihn gesehen hatte. Außerdem sollten sie in der Lawalder Gegend erkunden, ob sich verdächtige Personen zur ungefähren Tatzeit hier herumgetrieben bzw. ob Leute auf den umliegenden Feldern Außergewöhnliches bemerkt hätten. Diese Befragungen waren gegenüber der Tatortbesichtigung etwas aufschlussreicher. Vom Markt, das wussten viele Leute, war Gocht gegen 5 Uhr nachmittags weggegangen. Unter ihnen befand sich auch Meister Kühlmorgen. Er bestätigte, kurz vorher bei ihm Geld gewechselt zu haben. Die Vermutung, mit dem Raubmord in Verbindung zu stehen, wies er aber entschieden von sich. Aufgrund der Zeugenaussagen konnten die Stadtpolizeibediensteten die Mordzeit durch einfache Wegzeit-Berechnung annähernd auf dreiviertel sechs bestimmen.

Ein heruntergekommener Tischlermeister gerät ins Visier

Im Zusammenhang mit der Mordsache Gocht machte sich der hiesige, etwas heruntergekommene, Tischlermeister Tettmeyer verdächtig. Er rückte ins Fadenkreuz der Ermittler, weil er von mehreren Zeugen zwischen 4 und 5 Uhr auf der Strecke Lawalde – Löbau gesehen worden war. Noch am selben Tage kam er ins Löbauer Stockhaus und die Justizbehörde durchsuchte seine Wohnung. Da sie dort nichts, was mit Gochts Tod in Verbindung stehen könnte, fand und er jede Täter- oder Mittäterschaft leugnete, entließ die Behörde ihn am 15. September wieder. Weitere Spuren gab es erst mal nicht. Damit tappten die Justiz- sowie Polizeibeamten vorerst im Dunkeln.

Am 13. September beerdigten die Schönbacher ihren ehemaligen Rittergutsbesitzer in seiner herrschaftlichen Gruft. Am Begräbnis nahmen ungewöhnlich viele Menschen teil. In die von den meisten ehrlich empfundene Trauer mischte sich Wut auf eine so frech und brutal ausgeführte Tat. Die Leute forderten nachdrücklich schleunigste Aufklärung und die Justiz- sowie Polizeiorgane gerieten zunehmend unter öffentlichen Druck. In der ganzen Umgegend, bis ins Böhmische hinein, wurde die Polizei deshalb angewiesen, sich möglichst verdeckt umzuhören. Zu diesem Zweck sollte sie auch geeignete Informanten anheuern, die mit geschickten, unverfänglichen Fragestellungen den Leuten bei ihrem Gerede aufs Maul schauen sollten.

Im Ergebnis dessen landete ausgerechnet Tettmeyer im Oktober 1837 wieder im Verhörkabinett. Einer der polizeilichen Zuträger bezichtigte ihn, beim Tischler im böhmischen Georgswalde österreichische Banknoten, und zwar genau solche, wie sie Gocht in seiner Hocke mitgeführt hatte, umgewechselt zu haben. Der Kolporteur wollte außerdem mitbekommen haben, wie Tettmeyer bei der Gelegenheit großspurig ankündigte, nächste Woche noch mehr Geld bringen zu wollen. Auf den ersten Umstand angesprochen, behauptete Tettmeyer, er habe dieses Geld in der Nähe des Tatortes gefunden. Wahrscheinlich hätten es die Räuber dort verloren. Auf Nachfassen des Kriminalbeamten, wo er denn das Geld, das er kommende Woche bringen wolle, hernehme, blickte Tettmeyer treuherzig auf und meinte allen Ernstes:

„Ja, nächste Woche Herr Kriminaler, wissen sie … da will ich auf den Löbauer Berg gehen und einen Schatz heben. Ich habe nämlich erfahren, aus dem Geldkeller da oben kann man einiges rausholen, wenn man den richtigen Spruch drauf hat."

Der Kommissar musste sich, ob so viel Blödheit, auf die Lippen beißen. Oder war da gar nichts zu lachen, alldieweil ihn dieser Mann dreist verscheißerte? Jedenfalls war aus Tettmeyer momentan nicht mehr herauszubekommen und nachweisen konnten sie ihm wieder nichts.

Mit Tettmeyer gerieten im September auch sein Schwiegersohn, Wilhelm Wuschi und dessen Bruder Ernst ins Visier der Untersuchungsbehörden. Alle drei pflegten enge Beziehungen miteinander. Wilhelm Wuschi, 35 Jahre alt, gelernter Böttcher und verabschiedeter Unteroffizier der Königlich Sächsischen Armee, war nach übereinstimmenden Zeugenaussagen gemeinsam mit seinem Bruder, der im nahe gelegenen Reichenbach wohnte, verschiedene Male in einem Gasthof an der Rumburger Straße gesehen worden. Von da aus sollen die Beiden über Felder in Richtung Lawalde gelaufen sein. Verwandte der Brüder sagten ferner aus, sie wären von Wilhelm Wuschi früher einmal beredet worden, an einem Überfall auf den Rittergutsbesitzer Gocht teilzunehmen. Letztere Zeugen standen allerdings in keinem guten Ruf, sodass deren Äußerungen mit Vorsicht zu genießen waren. Nichtsdestotrotz und wie das bei Menschen nun mal so ist: Wenn einer was in die Welt setzt, brodelt automatisch die Gerüchteküche. Im Volk verfestigte sich mehr und mehr die Meinung, diese Drei seien die wahren Täter und gehörten unverzüglich hinter Schloss und Riegel. Das Löbauer Justizamt sah sich daher veranlasst, die Wuschis festzunehmen. Da Ernst Wuschi als Reichenbacher zu jener Zeit aber preußischer Staatsbürger war (die Oberlausitz war von 1815 bis 1945 geteilt), mussten die Löbauer eine Festnahme beim preußischen Landesinquisitoriat beantragen. Die preußische Instanz lieferte ihren Staatsbürger jedoch nicht aus. Deshalb wurde die Untersuchung von diesem Zeitpunkt an doppelgleisig weitergeführt.

Noch im Dezember fanden bei beiden Haussuchungen sowie intensive Vernehmungen statt, jedoch ohne jedes Ergebnis. Kein Geld, kein Mordwerkzeug, keine blutige Kleidung – nichts, rein gar nichts, fanden die Ermittler. Ebenso hatte keiner der Brüder die Tat zugegeben. Zum größten Missfallen der oberlausitzer Bevölkerung kam Wilhelm Wuschi am 29. Januar 1838 gegen Handgelöbnis wieder in Freiheit, wenig später auch sein Bruder im preußischen Görlitz.

Jetzt war von den Kriminalinstanzen alles getan, was zu tun sie imstande waren. Zu ihrem Leidwesen konnten sie niemandem etwas nachweisen, hatten keine Indizien und die Untersuchungen kamen vom Februar bis weit in den März 1838 hinein fast zum Erliegen.

Das Raubgut als Schatz heben?

Wohlbemerkt: Die Untersuchungen kamen nur fast zum Erliegen. Man erinnerte sich nämlich an das Vorhaben Tettmeyers, er wolle auf dem sagenumwobenen Löbauer Berg einen Schatz heben. Er hatte den Beamten, wie dieser damals annahm, nicht verscheißert. Er glaubte tatsächlich an so was! Wie die ermittelnden Beamten durch Zuträger erfuhren, gab es neben Tettmeyer noch eine ganze Reihe Leute, die mittels Geisterbeschwörung und allerlei mystischen Schnickschnack gehörigen Reichtum erlangen wollten.

Nun war Schatzgräberei einerseits gesetzlich als Betrug eingestuft und musste allein deshalb von den Behörden verfolgt werden. Andererseits kam durch Involvierung Tettmeyers der Verdacht auf, die Raubmörder wollten naive Menschen als Alibi nutzen. Es könnte ja sein, sinnierten die Ermittler, die Bande verbuddelt das Geld und gräbt es dann mit viel Tamtam und Hokuspokus wieder aus. Damit wäre das blutbefleckte Raubgut gewissermaßen reingewaschen gewesen. Die Polizeibehörde der Stadt Löbau hielt es daher für angebracht, diese Spur intensiver zu verfolgen. Ihr gelang es, einen Informanten aus dem Kreise der Schatzgräber zu gewinnen, den Maler Ruck aus Oelsa. Dieses kleine Plappermäulchen erschien darauf im Rathaus und berichtete, dass der Bauer Neumann aus Oelsa, der Pachtgärtner Kramer aus Altlöbau, der Maurer Weickert, die Schuhmacherfrau Hirschoff und die verwitwete Kleppermüllerin Gabriel aus Löbau mit einem gewissen Gärtner Noack aus Dresden in den nächsten Tagen an der böhmischen Grenze einen Schatz zu heben gedachten. Ruchbar war das Ganze, weil Tettmeyer früher bei besagter Gabrielin in der Kleppermühle gewohnt hatte. Nach wie vor ging er, zusammen mit den Wuschi-Brüdern, dort ein- und aus. Ferner hatte Tettmeyer, das machte die Sache noch verdächtiger, beim Geldwechsler in Böhmen nachgefragt, ob dieser nicht jemanden wüsste, der einen Schatz zu heben verstünde.

Die Ermittlungen im Fall „Schatzgräberei" verliefen jedoch im Sande und führten nicht zum verschwundenen gochtschen Geld. Sie lieferten auch keine Beweise zur Überführung der Täter. Vielmehr förderten sie die unglaubliche Einfalt einiger Leute zutage, die mit abstrusen Praktiken ihre Taschen zu füllen suchten. Dies sollte unter anderem, um an dieser Stelle nur ein Beispiel zu nennen, mit Hilfe des sechsten und siebten Buch Mose und der Kabbala gelingen. Dazu wollte man zunächst einen Kundigen finden, der sich auf alte Sprachen verstand und in solcher Magie auskannte. Einen, der Zauberformeln zitierend, Geister beschwören könne, welche den Anwesenden entweder das Geld gleich mitbrachten oder zumindest verrieten, an welcher Stelle sie danach graben müssten. Die Bücher hätte erwähnter Noack angeblich in seiner Dresdner Gärtnerei unter Blumentöpfen oder Beeten versteckt. Schon zweimal, so wurde den einfältigen Löbauern eingeredet, wäre ein Geist erschienen. Nur leider wäre beim ersten Mal der Geisterbeschwörer mit 3 Millionen Talern, die das Gespenst aus seinem Ärmel geschüttelt hatte, allein durchgebrannt und das zweite Mal der Sessionsleiter bei Erscheinen des Geistes in Ohnmacht gefallen und alles war umsonst. Ende März 1838 wurde es der Polizeibehörde zu dumm. Kopfschüttelnd schloss sie diesen Teil der Akte.

Der Stein kommt ins Rollen

Den finalen Stein brachte die Auswirkung einer menschlichen Eigenschaft ins Rollen, die man allgemein textilreinigenden Frauen zuschreibt: die Schwatzhaftigkeit. Am 22. März machte ein Hausbesitzer aus einem bei Löbau gelegenen Dorf eine aufschlussreiche Anzeige. Er berichtete, dass vor einigen Tagen ein Knabe bei ihm im Auftrag der Mutter Erdäpfel kaufen wollte. Da er in der dörflichen Gerüchteküche aufgeschnappt hatte, dass dessen Tante, eine gewisse Demuth aus

Reichenbach, mit falschem Geld bezahlen würde, fragte er den Jungen, ob er gar solches bei sich habe? Darauf meinte der Junge:

„Nein, nein, meine Mutter hat mir schon echte Groschen mitgegeben und meine Tante hat auch kein falsches Geld."

Nach einer kurzen Pause hätte der Junge zögerlich hinzugefügt:

„Ich hab's selber gehört! Meine Tante hat der Mutter gesagt, sie hätte das viele Geld vom Schönbacher Herrn, den Räuber voriges Jahr im Busch totgemacht haben."

Auf sein eindringliches Bohren, was das Weibsvolk sonst noch herumschnattere, habe der Bube ergänzt:

„Zwei aus Löbau und von meinem Onkel der Schwager, der Wuschi Ernst, haben das Geld dort zur Aufbewahrung gelassen. Mein Onkel hat sich deswegen schon aufgehangen, aber die Tante hat ihn wieder abgeschnitten."

Danach habe der Knabe seine Kartoffeln geschnappt, sich umgedreht und schnell aus dem Staub gemacht.

„Genau das ist es! Jetzt kommt endlich Bewegung in die Sache", rief der mit dem Fall betraute Justizbeamte von Reizenstein freudig aus.

Noch am selben Tage holten sie die Mutter des besagten Knaben zur Einvernehmung nach Löbau. Sie bestätigte, dass sich ihre Schwester schon vor Weihnachten mit 700 Talern brüstete, die ihr Mann vom Reiter Wuschi (so nannten die Leute Wilhelm W. wegen seines früheren Dienstes in einem Reiterregiment) bekommen haben wollte. Dessen Bruder und der Tettmeyer aus Löbau wären es gewesen, die den Schönbacher Rittergutsbesitzer ausgeraubt und erstochen hätten. Kaum war diese Aussage gefallen, ratterte die Justizmühle mit vollen Umdrehungen. Endlich hatten die Beamten eine heiße Spur und konnten das gerissene Lumpenpack vielleicht zu einem Geständnis bringen. Zu diesem Zweck fuhr eine Abordnung des Königlich-Sächsischen Justizamtes aus Löbau rüber nach Preußen. Die dortige Behörde ließ Ernst Wuschi sowie die Eheleute Demuth verhaften und verhörte alle drei, zusammen mit den sächsischen Kollegen, in Görlitz. Anfänglich leugneten sie, mit der Tat in Beziehung zu stehen. Als jedoch der Druck unerträglich wurde, gestand zuerst die Demuthsche

Ehefrau, dann schließlich ihr Mann: Ihr Schwager, Ernst Wuschi, sei am Abend des 7. September 1837 mit einer Hocke zu ihnen gekommen und habe sie gebeten, das darin befindliche Geld aufzubewahren. Wörtlich habe er gesagt:

„Es ist das Geld vom Gocht, den ich mit meinem Bruder heute erstochen habe."

Wieder in Löbau angekommen, nahmen die Beamten sogleich den Tettmeyer sowie Wilhelm Wuschi ins Verhör. Angesichts des Geständnisses der Eheleute Demuth gab er seine Beteiligung am Raubüberfall ohne Umschweife zu, versuchte allerdings so viel wie möglich auf die anderen abzuwälzen. Außerdem, so sagte er, wäre er beim eigentlichen Mord nicht dabei gewesen. Nachdem ihn die Beamten mit den Aussagen konfrontiert hatten, erwies sich Wilhelm Wuschi dagegen als harte Nuss. Mit keiner Silbe wollte er etwas bekennen, auch dann nicht, als ihn die Beamten Tettmeyer direkt gegenüberstellten. Selbst sein inzwischen geständiges Eheweib, das ihn unter Tränen beschwor, endlich die Wahrheit zu sagen, ignorierte er. Unbewegt, mit fester Stimme und unerschütterlicher Ruhe wies er jeden Vorwurf von sich:

„Das ist nicht wahr", gab er jedes Mal stereotyp zur Antwort.
Aber genauso, wie Fleisch mit der Zeit gar kocht, war auch sein Wille bald aufgeweicht. In sich zusammengesackt, fragte er überraschend:

„Darf ich meinen Sohn noch einmal sehen?"
Nachdem dieser Wunsch bejaht wurde, brach es mit erstaunlicher Offenheit aus ihm heraus:

„Ja ich habe zusammen mit meinem Bruder den Gocht erstochen, sein Geld genommen und es dem Demuth, gegen eine angemessene Entschädigung, zur Aufbewahrung übergeben ..."

Etwa zur gleichen Zeit traf aus Görlitz die Nachricht vom Geständnis des Ernst Wuschi ein. Nur verstrickte der sich oft in Widersprüche. Die Absicht, seine Schuld auf die Kumpane abzuwälzen, war derart offensichtlich, dass die Ermittler Wilhelm Wuschis Schilderung als die wahrscheinlichere Variante des Tatherganges annahmen.

Ein schon lange geplanter Raubüberfall

Bereits im Jahre 1836 hatten die Wuschi-Brüder und Tettmeyer einen Raubüberfall auf den Rittergutsbesitzer Gocht geplant, wobei die Idee dazu wesentlich von Letzterem, dem Schwiegervater Wilhelms, kam. Immer wieder stachelte Tettmeyer die Brüder an:

„Jetzt können wir reich werden! Der Schönbacher Jude kommt jeden Donnerstag mit viel Geld nach Löbau! Wir müssen dem Gocht nur auflauern, ihn gleich totschlagen und das Geld nehmen."

Dreimal vor der eigentlichen Tat hatte das Trio an verschiedenen Stellen dem Gocht bereits aufgelauert. Beim ersten Mal hatten sie fremde Stimmen gehört, beim zweiten Versuch kam Gocht nicht allein und beim dritten Mal hat Wilhelm Wuschi der Mut verlassen und die Bande brach die Aktion ab. Am entscheidenden Tag, dem 7. September 1837, kehrten sie in der zweiten Stunde am Nachmittag im Gasthof an der Rumburger Straße (der späteren Gaststätte Sonne) ein und liefen danach über die Felder in ihr Versteck. Dort warteten sie auf ihr Opfer. Weil dies nicht kam, ging Tettmeyer in die Stadt, um nachzusehen, wo Gocht bleibt, kehrte aber ohne Ergebnis zurück. Als es schon auf fünf Uhr zuging, kam Nervosität auf und Tettmeyer lief erneut nach Löbau. Er versprach, beim Erscheinen Gochts ein Zeichen zu geben. Unerwartet, und ohne dass Tettmeyer zurückgekehrt war, sahen Ernst und Wilhelm Wuschi um dreiviertel sechs aus ihrem Versteck heraus den Rittergutsbesitzer samt Geld herannahen und setzten ihren Plan, ohne sich über Tettmeyer weiter Gedanken zu machen, in die Tat um. Nach eigenen Angaben eilte Wilhelm Wuschi seinem Bruder zu Hilfe, als der mit Gocht in Rauferei geraten und den Graben heruntergerutscht war. Dort hat er demselben die tödlichen Stiche in den Hals versetzt. Durch diese Aussage nahm er die schwerste Schuld selbst auf sich. Nach der Tat besaßen die Mörder sogar die Kaltblütigkeit, mit blutbefleckter Kleidung, das Geld im Schürzenlatz verstaut, nochmals im besagten Wirtshaus einzukehren. Dort, wie sich der Wirt später erinnerte, tranken sie für den „letzten Sechser" noch einige Gläser Branntwein.

Wilhelm Wuschi muss später seine Offenheit wohl bereut haben. Ihm war sicher klar geworden, welches Urteil ihn erwartet. Am 6. Juni 1838 versuchte er, in der Untersuchungshaft seinem Leben ein Ende zu setzen. Aufmerksame Wärter retteten ihn jedoch, sodass er den Prozess bis zum bitteren Ende durchstehen musste. Aufgrund seiner Aussage sowie im Ergebnis der langwierigen Untersuchungen verurteilte das Appellationsgericht in Bautzen Wilhelm Wuschi am 27. September 1839 zum Tode. Am 28. Februar 1840 bestätigte das Oberappellationsgericht Dresden das Urteil. Ein späteres Gnadengesuch lehnte der sächsische König persönlich ab.

Ein aufsehenerregendes Ende

Zermürbende neun Monate harrte Wuschi in seiner Zelle der Vollstreckung des Urteils. In ihm war Entsetzen und Erleichterung zugleich, als er Anfang November 1840 mitgeteilt bekam, dass seine Hinrichtung vom Justizamt auf Sonnabend, den 21. November 1840 frühmorgens, festgesetzt war. Entsetzen deshalb, weil sein, wie er jetzt selbst einschätzte, jämmerliches Leben ein unwiderrufliches Ende haben würde. Dass das, was er einem anderen Menschen aus Habgier nahm, nun auch ihm genommen wird. Er wusste, er durfte nicht in aller Ruhe ehrenvoll als rechtschaffener Mann sterben. Hunderte Menschen würden seine letzten Atemzüge mitverfolgen, ihn verachten und in die Hölle wünschen. Auf der anderen Seite war Erleichterung, weil alle Seelenqual, alle Vorwürfe und alle Last von ihm fallen würde. Inständig flehte er in zahllosen Gebeten, von seinen Sünden befreit zu werden, dass seine Seele Frieden und ewige Ruhe finden könne.

Der Morgen des 21. November war ein eiskalter Gastgeber. Der Tag entfaltete nur zögernd sein neblig graues Licht und trotz der beißenden Kälte hatten sich bereits Tausende Menschen aus nah und fern, unter ihnen sogar Kinder, an der Löbauer Schießwiese (dem heutigen Stadion) eingefunden. Sie kamen auf ein dämonisches Schauspiel, kamen zu sehen, wie das Schwert endlich den Kopf vom Rumpf des verfluchten Raubmörders trennte. In großer Runde hatte Militär den Richtplatz umstellt und die städtische Kommunalgarde, erkennbar an ihren weißen Armbinden, überwachte bereits seit zwei Stunden alle Zugänge. Unter allen Umständen galt es, Tumulte zu verhindern.

Gespenstig stand, etwas erhöht auf einer eilig zusammengezimmerten Bühne, der Richtbock. Um ihn herum, in einem Sicherheitsabstand von 30 Metern, wartete raunend und gespannt die Menschenmenge auf den Schlussakt der Tragödie Gocht. Plötzlich kam Bewegung in die Masse. Rufe, Flüche und Verwünschungen hallten laut, als man Wuschi, vom Militär eskortiert, in einem geschlossenen Wagen aus Richtung Tiefendorf herankarrte. Zwei Soldaten, unter Aufsicht eines Leutnants, zerrten den willenlos zusammengesackten Mörder auf das

Gocht'sche Gruft

158

Podium. Das Militär konnte die empörte Menge in diesem Moment nur durch Drohungen und Gegendrücken mit Gewehren im Zaum halten. Doch mit einem Mal, als hätte jemand den Taktstock erhoben, trat Stille ein. Wuschi lag fixiert auf dem Richtbock und ein Justizbeamter verlas noch einmal das Urteil. Daneben stand breitbeinig, auf das Schwert gestützt mit zittrigen Händen[1], der maskierte Scharfrichter. Und dann ging alles ganz schnell: Das Schwert zischte mit Wucht herab. Ein dumpfes „Uuhhh" aus der Masse stieg in den kalten Morgenhimmel, der vom Rumpf getrennte Kopf rutschte fast geräuschlos in den Korb. Wuschis übriger Körper zappelte noch eine Weile und Blut rauschte für Sekunden im Rhythmus der letzten Herzschläge aus seinem Hals. Es war aus - ein Tod war mit dem Tode gesühnt.

Nachtrag:

Ein preußisches Gericht verurteilte Ernst Wuschi zu lebenslanger Zuchthausstrafe und Tettmeyer erhielt ebenfalls lebenslänglich Zuchthaus zweiten Grades. Sie lebten unter schweren Haftbedingungen und sahen nie mehr das Licht der Freiheit. Das Letzte, was Wilhelm Wuschi in diesem Fall sah, war der Boden des Auffangkorbes. Wer es wohl besser getroffen hatte …?

Anmerkung:

[1] Für einen Scharfrichter waren Hinrichtungen mit dem Schwert zu dieser Zeit kein alltägliches Brot mehr. Die seelische Belastung war außerordentlich groß. So musste z. B. bei der letzten öffentlichen Hinrichtung in München, am 12. Mai 1854, der Henker Matthias Schellerer von Kürassieren vor der aufgebrachten Menge geschützt werden, weil es ihm in der Aufregung erst nach dem 7. Streich gelang, den Delinquenten zu töten.

Sagen vom Löbauer Berg

∞∞∞

Trutzig steht er da, in guten wie in schlechten Zeiten, würdevoll und unverrückbar, mitten in der Oberlausitz: der Löbauer Berg. Gleichsam als unzerstörbares Symbol kündet er unverwechselbar schon aus der Ferne von einer liebenswerten Stadt, von Handwerk, Tradition und fleißigem Bürgertum. Und die Löbauer sind ihm dankbar dafür. Für die Bewohner der Stadt ist er nicht nur der sattelförmige Rest eines tertiären Vulkans – er ist ihnen mehr! Er ist Wahrzeichen und Sinnbild zugleich. Die Löbauer haben ihn hingebungsvoll gepflegt, ihm einmalige Bauwerke geschenkt und über Jahrhunderte Geschichten, Märchen, Sagen und Mythen angedichtet. Sie haben ihm ein Herz und eine Seele gegeben. Die bekanntesten Sagen des Löbauer Berges ranken sich um eine Wunderblume, einen feurigen Hund und den Geldkeller, der auf der zweiten Erhebung des Massivs, dem Schafberg, zu finden ist. Sie entspringt dem ewigen Streben der Menschen nach Wohlstand und Reichtum. Es ist eine Sage, die wohl in den unterschiedlichsten Varianten überall auf der Welt erzählt wird: Die Mär vom verborgenen Schatz, der sich an bestimmten Tagen nur dem Reinen und Unschuldigen offenbart.

Die Sage vom Geldkeller auf dem Löbauer Berg

Wie viele Jahre es her ist, will keiner so genau wissen. Irgendwann, vor langer langer Zeit – es mag am Johannistag gewesen sein – da soll es sich zugetragen haben, dass zwei Knaben zum Spielen hinauf auf den Berg gingen. Sie tobten ausgelassen und kraxelten mitten durch den steilen Bergwald, den Schafberg hinauf. Fast oben angekommen, entdeckten sie zwei Felsengruppen, die ihnen für ihr Spiel wie gerufen kamen. Eine davon bezeichneten die Löbauer unter vorgehaltener

Hand als „Geldkeller". Ein geheimnisvoller Ort, unter dem angeblich ein großer Schatz verborgen wäre. Genaues jedoch wusste seinerzeit noch niemand. Den Zweien war das egal, auch sie wussten sicher nichts davon. Zielgerichtet steuerten sie diese Steine an. Hui, das war ein Vergnügen, hier waren sie allein, hier konnte sie herumtollen, Versteck spielen und klettern. Keiner machte ihnen diese Stelle streitig, kein Erwachsener wies sie zurecht, keiner schimpfte auf sie.

Nachdem die Jungen eine Weile herumgetollt hatten, schrie einer der beiden, es war der Heinrich, plötzlich auf:
„Oh je, meine Mütze!"
Sie war ihm vom Kopf gerutscht und direkt in die Grotte gefallen. Behände glitt er den Felsen hinunter, sie aufzuheben. Doch was er da unten sah, trieb ihm zugleich Tränen ins Gesicht und einen Schauder über den Rücken: Vor seinen Augen, wie von Geisterhand gezogen, verschwand seine über alles geliebte Mütze plötzlich mit einem Schluf im Boden. Bestürzt blieben beide Knaben unbewegt an ebenjener Stelle hocken. Heinrich haderte:
„Es war doch meine Einzige! Das Christkind hat sie mir erst vorige Weihnacht gebracht!"
Er heulte herzzerreißend, dass selbst Baum und Strauch vor Rührung ihr Gezweig hängen ließen. Heinrich musste an die Mutter denken, an ihre traurigen Augen. Er wusste, die Mütze hatte sie ihm mit Liebe gegeben und sie konnte ihm so schnell keine neue kaufen. Sie lebten allein, denn der Vater war vor zwei Jahren von ihnen gegangen. Zu den Reichsten in Löbau gehörten sie nun wirklich nicht.

Gerade hatte der Freund ihn herangezogen, seinen Arm tröstend um ihn gelegt, da öffnete sich, kaum hörbar, direkt vor ihnen der Boden und eine Stimme wisperte:
„Komm Heinrich, nur Mut – hab keine Angst, steig herab …!"
Magisch angezogen kletterte der Junge an einer langen Wurzel in den Felsschacht, tiefer und tiefer in den Berg hinein. Nach einer Weile sah er, wie von unten diffuses Licht herauf leuchtete. Aufgeregt hangelte er noch eine Länge weiter herab, sprang und landete genau neben

seiner Mütze. Überglücklich, das gute Stück wiederzuhaben, drückte er die Mütze fest an seine Brust und schaute sich vorsichtig um. Wie er sah, dass er in einem zauberhaften, von tausend Glühwürmchen erleuchtetem, Gewölbe stand, war ihm ganz seltsam ums Herz. Gott bewahre, Gleiches hatte er im Leben noch nie gesehen! Erstaunt und ein wenig erschrocken nahm er im selben Augenblick eine längliche Tafel wahr. An ihr saßen würdevoll uralte Männer. Sie blickten ihn freundlich nickend an und es schien Heinrich, als ob einer von ihnen ihm den Weg zum hinteren Teil des Gewölbes wies. Bevor er ihn ging, verneigte sich Heinrich ordentlich:

„Einen schönen und gottgefälligen Tag den edlen Herren!"
Dann schlich er ehrfürchtig an der Tafel vorbei in die bezeigte Richtung.

Hinten angekommen, gingen dem Buben die Augen über. Was er gerade zu Gesicht bekam, übertraf alles Irdische. Goldstücke und Silber in Hülle und Fülle, Diamanten sowie Edelsteine in verschiedenen Formen und Fassungen sowie wertvoll verzierte Waffen lagen ausgebreitet auf edlen Orientteppichen. Alles vor ihm schillerte einladend in den märchenhaftesten Farben.

„Davon nur ein einziges Stück der Mutter mitnehmen …!"
Heinrich wagte kaum, es zu denken und schaute sich vorsichtig zu den alten Herren um. Diese nickten immer noch wohl gesonnen. Ohne dass auch nur ein Sterbenswörtchen über ihre Lippen kam, konnte er es deutlich vernehmen:

„Nimm, soviel du tragen kannst, und teile redlich mit dem Freund!"
In der Ecke saß zwar ein großer Hund, aber vor dem brauchte Heinrich keine Angst zu haben. Erstens hatte ihm solch ein Gefährte noch nie etwas getan und zweitens schien das Tier – er sah es am treuen Blick – nichts gegen die eben empfangene Botschaft zu haben. Also nahm er von den Schätzen und dachte mit Vorfreude daran, was wohl Mutter für Augen machen wird. Heinrich füllte seine Taschen, die Mütze, sein Jäckchen, schnürte alles gut beisammen und bedankte sich artig bei den alten Herren. Danach kletterte er den Schacht entlang wieder nach oben ans Tageslicht. War das eine Wiedersehensfreude! Sein Spielgefährte hatte schon bangen Herzens auf ihn gewartet.

Unbeschreiblich war der Jubel, wie er sah, was Heinrich mitbrachte; unvorstellbar zu Tränen gerührt sein Glück, als der Freund den Schatz christlich mit ihm teilte.

Wieder in der Stadt angekommen, schlichen sich die Knaben, um ja nicht entdeckt oder gar angesprochen zu werden, schnell und unauffällig an den Häuserwänden entlang. Doch trotz aller Obacht entdeckte sie an der Ecke zum Markt der feiste Konrad.

„Na ihr Habenichtse, wohin so eilig? Und … zeigt mal, was habt ihr denn da?"

Wichtigtuerisch baute er sich vor den beiden auf. Sie wussten, gegen den haben sie keine Chance. Er war zwei Jahre älter, einen Kopf größer und als Sohn des fast reichsten Löbauer Kaufmannes stand er zudem gut im Futter. Damit Konrad ihnen nichts wegnahm, erzählten sie hastig, wie auch er sich einen fetten Schatz holen könne. Sie beschrieben ihm den Weg und wie er es oben am Geldkeller anstellen müsse. Zu Schluss meinten sie noch:

„Am besten du nimmst einen großen Mehlsack mit, dann kannst du viel mehr einpacken, als wir je hätten tragen könnten."

Dann rannten sie schnell weg und ließen den verdutzten, zugegebenermaßen auch etwas einfältigen, Konrad stehen.

Dem Konrad ließ die Sache erwartungsgemäß keine Ruhe. Gleich am nächsten Morgen tat er wie die Knaben es ihm gesagt und stieg, ausgerüstet mit zwei Mehlsäcken, auf den Schafberg. Er fand auch sofort die beschriebene Felsgruppe, schmiss seine Mütze (er hatte extra nicht seine Beste genommen) auf die Erde und befahl letzterer, sich unverzüglich zu öffnen. Zunächst dachte der Waldboden nicht daran, Konrads Anweisung auszuführen. Erst nach einer Stunde, als Konrad schäumend vor Wut ankündigte, die zwei Knaben ordentlich zu verdreschen, tat sich laut und unwillig ächzend ein riesiges Loch zu seinen Füßen auf. Die Mütze fiel hinein und ein ekelhaft modrig-fauler Geruch stieg ihm in die Nase.

„Igitt, stinkt das abscheulich", schauderte Konrad, „aber wer reich sein will, muss leiden – auf geht's"!

Im Gewölbe gelandet, schob er seine herabgefallene Mütze achtlos mit dem Schuh beiseite und sondierte als Erstes die Lage. Von Glühwürmchen sah er zwar nichts, sondern eher eine flackernd rote, drohende Beleuchtung, auch blickten ihn die Greise, um es vorsichtig auszudrücken, nicht sonderlich entgegenkommend an. Doch Konrad dachte:

„Na gut, wenn nicht dann nicht, Hauptsache ich kann mir die Taschen gleich ordentlich füllen! Ob´s hier schön ist, soll mein Problem nicht sein!"

Er ging ein Stück auf den Tisch der Alten zu und fragte dreist:

„Heda ihr alten Zausel, wo habt ihr denn euern Schatz versteckt?"

Weil die Tafelrunde, statt einen Ton von sich zu geben, noch grimmiger dreinschaute, winkte er einfach ab, ging an ihnen vorbei und sah hinten im Gewölbe auch schon das Objekt seiner Begierde: den herrlich glitzernden Schatzhaufen. Ein bisschen misstrauisch stimmte ihn allerdings der kräftige Hund. Der saß zu seiner Verwunderung nicht, wie von den beiden Habenichtsen beschrieben, mit treuem Blick in der Ecke, sondern hatte sich zur Drohung, knurrend und zähnefletschend, vor den Kostbarkeiten aufgebaut. Fast wäre Konrad das Herz in die Hose gerutscht.

„Platz", kommandierte er ein wenig unsicher.

Doch dann, als er gleich vorn die schönsten Goldstücke liegen sah, gewann die Raffsucht endgültig Oberhand. Selbstvergessen und ohne das angriffslustige Tier weiter zu beachten, fiel er auf die Knie und wollte die erste Handvoll Gulden in seinen Mehlsack schmeißen, da brach im Keller das Inferno los. Blitzschnell packte ihn der Höllenhund am Arm, von den Wänden zuckten Blitze, es krachte und die Alten Herren, jetzt alles andere als stumm, sprangen auf, beschimpften Konrad und sprachen Verwünschungen aus, deren Inhalt wiederzugeben sich die Feder weigern muss. Dabei droschen sie mit Stöcken auf den jammernden Buben ein – der Hund tat sein Übriges! Schreiend kroch Konrad in höchster Not durch die Beine der Alten dem Ausgang entgegen. Der Köter biss sich dabei in seinen Schuhen sowie der Hose fest und riss ihm die Beinkleider in Fetzen vom

Leibe. Irgendwie schaffte er es, die noch herunterhängende Wurzel zu ergreifen und sich, wohlbeleibt, wie er war, mit letzter Kraft nach oben zu retten. Auf welche Weise er das geschafft hat, wird ihm wohl bis ans Ende seiner Tage ein Rätsel geblieben sein.

Konrad rannte um sein Leben, den Berg hinunter. Bis an dessen Fuß konnte er die zornige Bestie noch bellen hören. Erst dann gelang es ihm, wieder klare Gedanken zu fassen. Er lief durch das Görlitzer Tor in die Stadt hinein. Nun fiel ihm auf, dass er unten rum nichts mehr anhatte. Augenblicklich hätte er im Boden versinken können! Roten Kopfes und eilig das Schämigste mit den Händen verdeckend rannte er durch die Gassen, über den Markt, auf des Vaters Haus zu. Doch zu spät: Die Kinder hatten ihn längst entdeckt und rannten in einer größer werdenden Schar hinter ihm her.
„Nacktfrosch, Konrad Nimmersatt! Nacktfrosch, Nacktfrosch", riefen sie, den Zischausfinger machend, im Chor: welche Blamage!
Ein Mann drohte ihm von Weitem mit der Faust und eine Frau ließ schockiert ihren frisch gefüllten Bierkrug krachend auf den Markt fallen:
„Nein so was Schamloses, Heiliger Vater im Himmel steh uns bei! Welche Schande, kreischte sie hysterisch.
Aber beim schlimmsten Spott, als nämlich die hübsche Johanna-Rosina, mit der er so gern angebandelt hätte, lauthals aus ihrem Kammerfenster quietschte:
„Iiiii, Leute seht mal den fetten A… vom Konrad!", schwanden ihm vor Scham die allerletzten Sinne.
Den Schlussakt seines Martyriums aber besorgte ihm der Vater. Er hatte die heranflitzende Schande schon von Weitem beobachtet. Wortlos nahm der einen Riemen vom Haken und dann gab es noch eine ordentliche Tracht auf das – praktischerweise bereits entblößte – Hinterteil.

Konrad hatte von da an keine Freunde mehr in Löbau. Und Schlimmer noch: Sobald er irgendwo hinkam, steckten die Mädchen ihre Köpfe kichernd zusammen und manchmal fragte eine frech:

„Na Konrad, wann zeigst du uns denn wieder mal was?"
Das Leben in der Stadt war für ihn eine Qual. Als Konrad größer war, verließ er Löbau. Wohin weiß niemand zu sagen.

Der Heinrich aber kaufte mit seiner Mutter ein stattliches Haus am Markt und wurde später ein tüchtiger Tischlermeister. Hin und wieder verriet er den Leuten, dass es die verstorbenen Bürgermeister seien, die da oben auf dem Berg unter dem Geldkeller einen Schatz bewachen. Sie tun das, damit es den Bewohnern der Stadt auch in knappen Zeiten nie schlecht ginge. Und so erzählten es sich die Leute von Generation zu Generation weiter, mal in der einen, mal in der anderen Variante. Doch es ist leider nichts weiter als eine Sage – bis heute!

Die Sage vom feurigen Hund am Löbauer Berg

Vor vielen, vielen Jahren, die Stadt war noch von zwei dicken Mauern umgeben, soll es sich zugetragen haben, dass eine Bauerstochter aus Herwigsdorf nach dem Markte nicht gleich nach Hause gehen wollte, sondern bei ihren Verwandten auf einen Plausch verweilte. Darüber ist es sehr spät geworden und das Mädchen – Christine soll sie geheißen haben – erschrak. Hatte ihr doch der Vater aufgetragen, sie solle sich nach Marktschluss sofort auf den Heimweg machen. Es sei auf den Wegen nicht sicher, sobald die Sonne nach Tageslauf am Horizont verschwunden wäre, meinte er. Mancherlei Gaunerpack schliche umher und am Löbauer Berg wäre es, so erzählten sich die Leute, des Nachts nicht ganz geheuer. Aber Christine war ein aufgewecktes, kluges Kind. Sie glaubte nicht an alles und hatte mit ihrer redegewandten, kecken Art schon manchem Hanswurst im Dorf seine Grenzen gezeigt. Das kam nicht immer gut an, denn wer von den Bauernburschen lässt sich schon gern vorführen, noch dazu von einem jungen Weibsbild, wie sie eines war. Eine Ausnahme bildete ihr alles geliebter Christoph. Der umschwärmte sie und auch Christine würde ihn gern heiraten. Allerdings hatte ihr Vater etwas dagegen, weil Christoph als Sohn eines Häuslers kein Bauer und darum ziemlich arm war.

Nachdem Christine sich von ihren Lieben verabschiedet hatte, schlich sie, so schnell sie konnte, zum Zittauer Tor hinaus. Der Torwächter rief ihr noch nach:

„Gib nur fein acht auf dich!"

Dann war sie bereits über den Friedhofsberg unten im Tiefendorf angelangt und lief wenig später bergan auf dem Weg nach Herwigsdorf. Die Dunkelheit war längst hereingebrochen. Nur der halbe Mond lugte hin und wieder verschwiegen zwischen den Wolken hervor und beleuchtete spärlich die ruhig atmende Landschaft. Ein bisschen klopfte ihr Herz schon, doch sie kannte den Weg und schritt mutig voran. Sie bog nach links, lief am Waldrand entlang und musste anschließend nur noch übers Feld zum väterlichen Hof laufen. Gerade dachte sie, dass es ja jetzt nicht mehr weit sei, da hielt sie erschrocken inne.

„In Gottes Namen, was ist das?"

Reglos, das Herz blieb ihr im Hals stecken, beobachtete Christine, wie etwas, dass aussah wie ein großes, glühendes Holzscheit, langsam aus dem Wald, hinaus aufs Feld lief.

„Der feurige Hund!"

Blitzschnell schoss ihr durch den Kopf, was die Leute im Dorf unter vorgehaltener Hand seit einiger Zeit munkelten. Nämlich, dass sich am Berg gegen die Mitternachtsstunde dann und wann ein höllisch lodernder Hund sehen ließe. Wehe dem, der ihm zu nahekäme, denn er wäre des Todes! Doch was die Leute in ihrer Dummheit nicht so alles daherschwafelten! Christine hatte sich wieder gefasst, denn der unheimliche Hund blieb, statt sich blutrünstig auf sie zu stürzen, in einiger Entfernung gelassen stehen und sah sie aus feuerroten Augen neugierig an. In seinem Fell loderten kleine Flämmchen. Christine wunderte sich, dass er dadurch nicht im hellen Feuer aufging und verbrannte. Nachdem sich beide begutachtet hatten, kam es ihr irgendwie vor, als würde der Hund sie auffordern zu folgen. Furchtlos ging sie auf das Tier zu. Das machte auch keinerlei Ärger und lief willig voran. Ab ging es durch Gestrüpp, immer weiter bergauf, bis sie an einen Spalt kamen, in dem der feurige Geselle, hast du nicht gesehen, mit einem Mal verschwand. Alles Misstrauen war längst aus Christine gewichen, nur die weibliche Neugier war übrig geblieben. Diese befahl ihr, dem Hund weiter zu folgen und gleichfalls durch den Spalt zu schlüpfen.

Was sie alsdann zu sehen bekam, war überwältigend. Sie stand in einem funkelnden Saal, an dessen Wänden Säcke über Säcke mit glitzernden Steinen standen. Bereits aus einigem Abstand erkannte Christine: es waren Diamanten. Der Hund, seiner Aufgabe offenbar entledigt, schüttelte sein Fell. Die Asche stäubte in einer Wolke heraus und er legte sich am Ende des Saales mit treuem Blick auf ein edel besticktes Kissen. Seinen Schrecken hatte er verloren, denn jetzt, bei Lichte betrachtet, sah er beinahe so aus wie der lausige Köter vom Nachbarhof.

Erst nachdem Christine sich genauer umgeschaut hatte, nahm sie plötzlich einige Männlein wahr. Sie saßen wie die Hühner der Reihe nach auf einem Balken. Allesamt hielten sie die Arme verschränkt und baumelten sichtbar gelangweilt mit den Beinen.

„Sag, was willst du hier", fragte einer der Zwerge und sah sie aus kleinen Glupschaugen an.

Christine musste ein spontanes Lachen unterdrücken, denn was sie sah, war ein Anblick zum Kringeln. Alle Gnome waren mit pummeligen Höschen sowie eigenartigen Stiefelchen bekleidet, hatten kleine, putzige Knollennäschen und die Gesichtszüge verrieten, dass es mit deren Klugheit nicht allzu weit her sein konnte. Christine versuchte mit Mühe, sich zu beherrschen und bewunderte zunächst interessiert die vielen Diamanten. Sie kannte sich damit ein bisschen aus, denn vor zwei Jahren übernachtete auf ihrem Hof ein Kaufmann, der einige Edelsteine bei sich trug. Von ihm hatte sie Vieles aus der Welt der schillernden Juwelen erfahren. Die Wichte, vom Interesse des Mädchens geschmeichelt, zeigten Christine sogleich ihre angehäuften Schätze. Sie erklärten, dass dies alles wertvolle Steine seien, die man Diamanten nenne. Jeder von ihnen würde in der Erde aus einem Tropfen Wasser wachsen. Je nachdem, welche Farbe ein Maler hineintupft, so würde später der fertige Diamant aussehen. Ganz selten wäre sogar einer mal verwunschen. Derjenige, der solch Stein in die Hand nähme, würde entweder reich, oder krank werden und in großer Not sterben. Nachdem Christine sich das eine Weile angehört hatte, konnte sie sich eines Lachers doch nicht erwehren.

„Ach ihr Dummchen", kicherte sie hinter vorgehaltener Hand,

„Diamanten wachsen doch nicht aus Wassertropfen und schon gar nicht erhalten sie den Farbton von einem Maler!"

Sie versuche den pikiert dreinblickenden Männlein geduldig all das zu erklären, was ihr der Kaufmann, damals in der Abendstunde auf der Bank unter der großen Hoflinde, über diese edlen Kristalle beigebracht hatte. Das allerdings kam bei den unterbelichteten Kerlchen offenbar nicht gut an.

„Du naseweise Dirn!"

Trotzig, mit hochrotem Kopf, stampfte einer von ihnen mit seinem

Stiefelchen auf den Boden.

„Hältst uns wohl für Narren, du aufgeblasene Jungfer? Na warte, du hast schon viel zu viel gesehen!"

Eigentlich wollte Christine noch bescheiden fragen, ob sie nicht wenigstens einen kleinen Diamanten mitnehmen dürfe. Aber dazu kam es nicht. Vor Wut schoben sie drei der Zwerge durch den Felsspalt unsanft aus dem Saal hinaus. Da stand sie nun wieder in der ruhigen Nacht, rutsche enttäuscht den Hang hinunter und gelangte ohne weitere Zwischenfälle zum elterlichen Hof.

Am nächsten Tag traf sie sich in der neunten Stunde heimlich mit ihrem Christoph und berichtete ihm todunglücklich, was in der Nacht vorgefallen war. Dieser, bauernschlau, wie er war, ließ sich alles genau schildern und gab seiner Christine einen tröstenden Kuss.

„Lass mich das nur machen", sagte er.

„Ich weiß schon, wie ich's ausrichten kann. Wenn Dummheit auf Reichtum sitzt, muss man's halt anders anstellen …"

Um an die Diamanten zu kommen, wartete Christoph zunächst mehrere Male vergeblich am Waldrand. Er war nahe daran aufzugeben, als eines Nachts der brennende Hund doch noch aus dem Unterholz gekrochen kam. So gelangte auch er zu dem Ort, von welchem seine Liebste einige Tage zuvor mit leeren Händen „abgeschoben" wurde. Recht artig begrüßte er die dort anwesenden Berggeister und spielte ihnen einen einfältigen Bauerntrottel vor.

„Nein, was ihr hier Schönes habt! Solch herrlich bunte Nüsse habe ich ja noch nie gesehen!"

Die Zwerge hüpften durcheinander und hielten sich die Bäuche vor Lachen. Einer plärrte außer sich vor Vergnügen:

„Bunte Nüsse, bunte Nüsse! Wie herrlich, so ein Einfaltspinsel!"

Als die vermeintlich Gescheiteren, versuchten sie ihm nun klarzumachen, was sie schon Christine einreden wollten. Dass dies alles Diamanten seien, welche in der Erde aus Wassertropfen wüchsen und der Maler … und so weiter und so weiter.

„Nimm dir nur welche mit nach Hause", ermunterte ihn einer der kleinen Schlaumeier.

Doch Christoph pokerte höher. Er lehnte dankend ab, weil er solche Dinger ja doch nicht essen könne. Dabei versuchte er, eine extra dusslige Mine aufzusetzen. Und wie´s die Schmeichelei will, sein Plan ging tatsächlich auf!

„Nicht doch, du Strohkopf", belehrte ihn einer der Zwerge.

„Die Steine sind wertvoll, und wenn du ein Mädchen hast, kannst du sie reich beschenken und heiraten. "

Während die Zwerge weiterlachten und seine Taschen füllten, übergab ihm der anscheinende Obergnom zu allem Überfluss noch ein prall mit Gold gefülltes Säckchen.

Christoph, glückstrahlend, aber dennoch verblüfft über seinen Erfolg, gedachte jetzt nur noch, so bald als möglich hier wegzukommen. Hastig verabschiedete er sich, zwängte sich durch den Spalt und lief, so schnell ihn seine Beine trugen, ins Dorf hinunter. Das spöttische Jauchzen der Genarrten verfolgte ihn bis hinunter zum Waldrand. Am nächsten Tag umarmte er überglücklich seine Christine und nicht lange darauf ward in Herwigsdorf ein rauschendes Hochzeitsfest gefeiert, von dem die Leute noch über viele Jahre schwärmten. Der feurige Hund aber ist seitdem nie mehr gesichtet worden.

Die Sage von der Wunderblume

Vor langer langer Zeit wussten sich die Löbauer von einer wundersamen und geheimnisvollen Blume zu erzählen, die irgendwo auf dem Berge, alle hundert Jahre just in der Johannisnacht, heimlich und unsagbar schön erblühen würde. Wer sie fände und reinen Herzens pflückte, dem würde der sehnlichste Wunsch erfüllt – der würde mit höchstem Glück belohnt. Ihr Stängel, an dem Blätter ähnlich wie Rubine weithin durch den Tannenwald leuchten, soll smaragdgrün schillern, die Wurzeln Gold und Edelsteine führen. Doch alle Pracht, so schwärmten die Leute, wird übertroffen durch den Kelch der Schönen. Er trägt einen großen Diamanten, vor dessen prächtigem Glanz sogar Mond und Sterne verblassen, aus dem Balsamdüfte und liebliche Gesänge betörend schön und hold in die verzauberte Nacht emporsteigen.

Um diese Wunderblume ranken sich zahlreiche Geschichten.
Wie auch die folgende Sage:

Die Johannisnacht war in Löbau wieder einmal ausgelassen und fröhlich gefeiert worden. Die Geisterstunde war schon vorgerückt, in den Häusern gingen nach und nach die Lichter aus und auch die Johannisfeuer, um die die Menschen eben noch übermütig getanzt hatten, waren längst erloschen. Ruhe zog um die Häuser und nur der halbe Mond legte die Stadt in sein spärlich fahles Licht. In diesem Moment trat ein zierliches Mädchen aus einer niedrigen Hütte, die einsam am Fuße des Löbauer Berges stand. Sie schaute traurig in die Nacht, hinab über die Dächer der schlafenden Stadt.

Sie konnte heute nicht, wie die anderen, herzhaft lachen und vergnügt sein, denn sie war gerade in diesem Frühjahr von grausamen Schicksalsschlägen hart getroffen worden. Ihre Mutter, ihr Vater und zu allem Schmerz auch noch ihr Liebster waren kurz hintereinander gestorben und hatten sie in dieser Welt ganz allein zurückgelassen. Noch vor wenigen Stunden war sie, wie es seit alters her an diesem Tage Sitte war, an ihre Gräber gegangen, hatte diese mit frischen Blumen und Reisig liebevoll geschmückt und lange an ihnen gebetet. Mit Tränen in den Augen blickte sie nun zum Himmel hinauf und fragte flehend:
„Ach lieber Gott, wann wird mein armes Herz endlich seinen Frieden finden?"

Ihre geschundene Seele kam in dieser Nacht nicht zu Ruhe und so ging sie, wie von Geisterhand geführt, durch das duftende Gras, den Berg hinauf in den Wald hinein. Plötzlich, sie konnte es in der Dunkelheit deutlich erkennen, schwebte vor ihr ein kleines Irrlicht, tänzelte hin und her, als wollte es zu ihr sagen:

„Komm nur, hab keine Angst und folge mir."
Sie tat's und lief tiefer und tiefer in den dichten Wald. Zu ihrem Erstaunen spürte sie keine Furcht, allein die hohen Tannen berauschten traulich ihren einsamen Weg.

Dann, mit einem Male scheinbar herbeigezaubert, wurde es ihr ganz warm ums Herz. Sie blickte durch die Bäume und sah in einiger Entfernung, wie ein magisches Licht seine Umgebung in eine traumhafte Märchenwelt verwandelte. Betörende Düfte durchzogen den Tann und ein verführerischer Klang lag in der Luft, gleichen das Mädchen noch nie gehört hatte. Ihr kam dies vor wie eine himmlische Botschaft. Sie lief näher und da stand sie ... genauso, wie sie der Vater ihr einst geschildert hatte, als sie abends beim Kerzenschein, das Köpfchen in die Hände gestützt, seinen Erzählungen lauschte. ... die Wunderblume! Regungslos und ganz im Bann vollendeter Schönheit stand das Mädchen da und ihr war, dass unter all den lieblichen Tönen eine wispernde Stimme aus dem Kelche sprach:
„Pflück mich, pflück mich ab ..."
Sie nahm allen Mut zusammen, ging hin zur Blume und brach den Stängel. Im selben Augenblick erlosch der glänzende Zauber und stille Dunkelheit senkte sich wieder über den friedlichen Bergwald.

Am nächsten Tag – es war noch früh am Morgen – gingen einige Kinder aus der Stadt auf den Löbauer Berg, um Beeren zu sammeln. Sie kamen dabei weit vom Wege ab und fanden auf einer kleinen Lichtung zu ihrem großen Schrecken ein Mädchen mit gefalteten Händen tot auf dem Waldboden liegen. Ihr anmutiges Gesicht, auf den Lippen ein zufriedenes Lächeln, war wunderschön anzusehen. Sie hatte ihr höchstes Glück gefunden ...

Am Gusseisernen Turm auf dem Löbauer Berg steht zur Sage von der Wunderblume folgende Inschrift:

Nur dem Reinen erschliessen sich Gottes Wunder

Hier blueh't nach alter Sage,
Wann hundert Jahre sind verrollt,
Just am Johannistage,
Des Nacht's ein Bluemlein wunderhold.
Aus gruenendem Geklüfte,
Umleuchtet himmlisch schoen,
Verbreitet´s Balsamduefte
bei Aeolsharfen Getoen.
Gar sinnig reich gezieret
mit goldnem Purpurschein,
In seinen Wurzeln fuehret.
Es Gold und Edelstein.
Doch wem sich soll erschliessen
Sein koestlicher Gewinn,
Dem muss im Herzen fliessen,
Ein frommer reiner Sinn.

Spodźiwna kwjetka l lubilkeje hory